迷失的永恆

黃易

經典・玄幻系列⑪

天地
www.cosmosbooks.com.hk

書　　名　迷失的永恆
作　　者　黃　易
責任編輯　陳幹持
美術設計　郭志民
出　　版　天地圖書有限公司
香港皇后大道東109-115號
智群商業中心15字樓（總寫字樓）
電話：2528 3671　傳真：2865 2609
香港灣仔莊士敦道30號地庫／1樓（門市部）
電話：2865 0708　傳真：2861 1541
印　　刷　亨泰印刷有限公司
柴灣利眾街德景工業大廈10字樓
電話：2896 3687　傳真：2558 1902
發　　行　香港聯合書刊物流有限公司
香港新界大埔汀麗路36號中華商務印刷大廈3字樓
電話：2150 2100　傳真：2407 3062
出版日期　2019年6月／初版

ISBN：978-988-8547-92-0

目錄

第一章 失落的文明

高布博士的眼光橫過在陽光下刺人眼目的黃沙，落在日照下的古城遺址上。

在以千年計的歲月摧殘下，可能是昔日曾代表人類文明極峰的古城，只落得東一堆西一堆略高於地面、難以辨認的土堆，不屈地覆蓋着埃及西南部大沙海裏微不足道的那方圓四英里許的地域。

古城側深進地底發掘場的入口處，考古隊工作人員在忙碌着，地底隱約傳來剷起剷落的撞擊聲，泥土不住被輸送帶運送出來，由貨車搬到不遠處那數十個已像小山般的土堆上。高布博士的思想神遊到了下面的世界去：打通了的坑道、密佈的照明設備、將積水抽出去的喉管、隧道內森林般豎起的撐木，和那些一道又一道深入至地底一百二十呎的梯階，將二十多個發掘層連接起來，連接起通往昔日文明的捷徑。

負責考古團對外聯絡的團秘書辛絲小姐來到他身旁道：「博士，我們有點問題。」高布博士的神思返回到現實裏，愕然望向辛絲樸實忠厚的圓臉。

7

迷失的永恆

辛絲道：「國際考古學會不肯再支付額外的經費，看來我們又要停工了。」

這已是第三次因經費不足的問題而要中斷發掘的工程。

高布博士臉色一沉，冷冷道：「讓我和尊柏申談一談。」

辛絲眼中閃過無奈的神色，猶豫地道：「剛才的電話正是尊柏申先生親自打來的，他同時請你不要向他說項，這是委員會的最後決定，他雖是主席，仍要尊重這決定。」

高布博士臉色轉白，口唇顫動着，難道兩年多的心血，大半生的研究，到了這樣關鍵性的時刻，才半途而廢。解開人類文明千古奇謎的答案，已來到伸手可觸的近處。

營地電訊室處的通訊員奔了出來，高呼道：「博士！下面有重大發現，請立即趕去。」

高布博士霍地站了起來，一顆心卜卜狂跳，愣了片晌，才急急向發掘場的入口處奔去。

這消息驚雷般傳遍各處，營地裏工作中的其他數十名人員，都放下了手上的事務，不約而同地尾隨着高布往發掘場奔去。

經過了兩年的苦悶和刻板的考古發掘後，終於到了震撼人心的剎那。

高布接過遞給他的氧氣面罩，匆匆戴上，踏進了被射燈照耀得明如白畫的地底世界裏，他小心地在坑穴裏移動，避過擋路的撐木，步下一道一道的旋梯，層層深進，最後抵達最低的四十八號坑道。

十多名工作人員擠擁在那地下坑道的盡端，當高布博士和跟隨者出現時，他們自動地靠往一側，讓高布博士的視線毫無阻擋地看到盡端的情景。

他看到了一道石門。

他不能置信地緩緩靠近，伸手掃抹着石門上的泥土，眼中閃耀着奇異的光芒，就像虔誠的教徒看到了上帝。

這只是石門的小部份，剝落的泥屑下，露出了紋理豐富的雕刻：奇異的生物、威猛的神人，密佈在石門上，默訴着人類文明的高貴和卑賤、崛起和沒落。

高布博士的注意力落在石門中數排並列、介乎圖像和文字間的奇怪符號上。

「天！這是楔形字銘文。」跟着喃喃道：「和石板上的一樣。」

坑道內鴉雀無聲，只有二十多人沉重和不自覺的呼吸聲，眼光都集中在高布博士摩挲着石門的手上。

門後是甚麼東西？那是否能改變人類對過往文明視野劃時代的發現？通往失去了的往日的大門就在眼前。

高布博士眼光被門上的楔形文字牢牢吸住，口唇顫動地喃喃默唸，但卻無人知道他從楔形文字看出了甚麼來，這世界上再沒有人比他更有資格去破譯這些已隨文明湮滅了的文字。

良久，高布博士轉過身來，掃視着一對對充滿期待的眼睛，最後停在辛絲臉上，沙啞着聲音道：「立即安排記者招待會，我要籌募更多的經費，給我到開羅的交通工具，往巴黎的機票，是的！那是記者招待會最好的地方。」興奮下他已語無倫次。

但每一個人都知道他有了最驚人的發現。

辛絲負責的是實際的工作，自然要比任何人更清醒一點，問道：「應怎樣向新聞界發佈消息？」

高布博士急速的喘了幾口氣，幾乎是叫起來道：「告訴他們，我找到了『阿特蘭提斯』。」眼淚從他眼角瀉下。

眾人頓時愕然。

一時間，坑穴裏填滿了他聲音的回響。

一個團員站了出來，拿着一個即影即有的相機笑道：「來，讓我為大家拍張照片留念，好寄給我的女友。」

眾人分站兩旁，好讓他能拍到那道門。

第二章

驚人屠殺

凌渡宇跳下計程車，往巴黎大學行政大樓奔去，那是高布博士舉行記者招待會的地方。現在是十一時四十五分，招待會將在十二時正舉行。

高布昨天打電話給他時，千叮萬囑要在十一時半和他先會上一面，但從英國飛來的班機延誤下，他還是遲到了。

假若要他在這世界上數出心中最尊敬的十個偶像，高布博士定能入選。凌渡宇這個已成了傳奇的非凡人物，他對古文字和古文化的認識，幾乎百分之八十是從高布身上得來的。

昨天在匆忙中，高布從以色列台拉維夫給他的電話裏說出他對阿特蘭提斯有了突破性的發現，可惜時間不容許他作進一步探問。

對於阿特蘭提斯，凌渡宇雖不能像高布那樣，投進了畢生的精力，但他亦有濃厚的興趣和深入的認識。

第一個指出阿特蘭提斯（意即大西國）存在的人是柏拉圖，在他《克里齊》和《齊麥亞》兩個語錄裏，詳細地描述了這曾擁有高度文明國土的存在。燦爛的文化，以千萬計的人口，隨着整個大西洲，在一次史無前例的巨大災難裏，沉進大西洋底。千載風流，毀於旦夕，由那時開始，阿特蘭提斯便像幽靈一樣，迴盪於人們心中，它一代一代地流傳下去，一代一代被學者智士搜索着：時而帶來希望，時而帶來失落和頹喪。

現在高布博士終於有了驚人的發現，這使他拋下了一切，趕到巴黎來。

行政大樓前停滿了車，大部份有電視台報館的標誌，顯示這記者招待會已產生了新聞報道的預震。高布博士這古文化權威，每一個表情，每一句說話，將會被最先進的電子儀器，記錄成為歷史，通過傳訊衛星，顯現在每個家庭的電視熒幕上，印在每一張報紙的頭條上。

凌渡宇避開了擠滿記者的廊道，從一道側門，往舉行記者招待會那大會議室後相鄰的休息室走去，這是預知招待會盛況的高布給他的提示。

休息室裏的熱鬧情形一點也不遜於外面的盛況，凌渡宇擠進圍着的人堆，看到了高布博士。

他坐在一張椅上，膝上放了個黑色的公事包，一條鎖鏈，將他的左手和公事包不可分割地連接起來，使人想到其中必有重要的資料。高布臉容疲倦，但卻給興奮的神色掩蓋了。

當淩渡宇望向他時，他亦正望向淩渡宇。

高布博士紅絲密佈的雙眼爆閃出難以形容的奇異神采，「啊！」一聲站了起來，排眾而前，一手緊攬着公事包，就像其中載有價值連城的易碎瓷器，另一手激動地抓着淩渡宇胳膊，將他拉往較僻靜的一角。

淩渡宇有點不好意思將高布從其他人的包圍下搶了去，道：「不可以留待記者招待會後才說嗎？」

高布博士眼中掠過擔憂的神色，耳語道：「你是知道這件事的第一個人，一方面因為我絕對信任你，其次是再沒有人比你更有應付危險和超自然事物的本領。」

凌渡宇皺眉道：「究竟是甚麼事？」他實在想不通，考古發掘怎會構成危險？怎會和超自然的事物有關？難道觸犯了古帝皇的詛咒？

高布博士眼中透出驚慌的神色，正要解說，驀地一個聲音打斷了他的說話。

「高布博士！」

兩人向發聲者望去。

來人年紀在五十至六十間，魁梧的身形略呈肥胖，筆挺深藍西服，外加過膝米白色乾濕褸，右手彎處掛着一枝拐杖，頭頂高帽，上唇邊蓄着深濃鬍子，相貌堂堂，一對眼炯炯有神，是典型的大政治家、又儼然是作風保守的英國紳士。他身後跟着兩名彪形大漢，看來是保鑣一類的人物。

高布博士一愕道：「尊柏申爵士。」

凌渡宇對考古界雖不是太熟悉，也曾聽過尊柏申的名字，這是一個常和博物館、世界著名文物收藏、考古基金會聯繫在一起的響噹噹名字，也是英國政界舉足輕重的人物。

尊柏申筆直來到高布面前，眼光只凝注在高布臉上，像凌渡宇全不存在那樣。凌渡宇直覺他是個大民族主義者，尤其看不起東方人，至於是否真的如此，那就要由時間見證了。不過對凌渡宇這類擁有第六感的人來說，直覺往往比理性思維更準確。

尊柏申傲慢地道：「高布博士，我不知道你在弄甚麼鬼？假若你不能提出有力的證據，證明阿特蘭提斯的存在，你在考古界便將徹底完蛋。」他右手一擺，作了個被抹掉的手勢。

高布博士一點也沒有被他不客氣的語氣激怒，平靜地道：「我知你一向不相信阿特蘭提斯的存在，正如每一個人都可以擁有、亦是無可避免地擁有他們的偏見和執着。但是，尊柏申爵士，事實只有一個。」他「砰」一聲用右手拍在公事包上，回應尊柏申的手勢道：「就在這裏！」

尊柏申一生均處在財勢權力的極峰，哪曾給人這樣頂撞？他倒是非常有城府的人，只是臉色一沉，語氣轉為冰冷，道：「希望你這次不是說謊，雖然過去兩年來你一直是這樣。」

以高布博士的涵養，也受不了這樣的奚落，怒道：「你說甚麼？」

尊柏申道：「你已花去了國際考古學會七倍於你最初所要求的發掘經費，看看你掘了甚麼出來？阿特蘭提斯？幾千年下來，連一點影子也沒有。事實已告訴了我們，那是柏拉圖創作出來子虛烏有的神話故事。」他的聲音愈來愈大，四周與高采烈的人終於注意到空氣裏的火藥味，霎時間靜了下來，只有尊柏申渾厚的聲音在空氣裏振盪着。

凌渡宇終於弄清楚了來龍去脈。這尊柏申爵士是國際考古學會的人，一方面不滿高布的發掘進展，加上不相信阿特蘭提斯的存在，所以懷疑高布在裝神弄鬼，以籌集繼續發掘的經費。這等事以他局外人的身份，確實很難插口其中。

高布博士反而平靜下來，嘴角一牽，露出高深莫測的笑容，看了看腕錶，淡淡道：「記者招待會的時間到了，你不會錯過在全世界前羞辱我的機會吧？」他的眼光轉向凌渡宇，道：「來！我們進去吧。」昂然漠視尊柏申的厲目，逕自往通到會議室的側門走去。

會議室擠滿了人，當高布博士踏上高起一級的講台上，來到豎滿像森林般的麥克風的長枱時，嘈吵的聲音像被關掉播音機般消去，代之是電視攝影機轉動的機械聲，鎂光燈密集的閃亮和爆響。

凌渡宇閃往一側，以免喧賓奪主，搶了高布博士的風頭。尊柏申等人也從同一門戶，進入會議室內，散往仍可容人的角落。

高布博士卓立講台上，成了眾矢之的。

在射燈的白光裏，高布瞇着疲倦的眼睛環視着期待的人們。

全場鴉雀無聲，靜候有關在萬多年前沉沒了的偉大文明——阿特蘭提斯的一切。

高布博士乾咳一聲，清了清喉嚨，正容朗聲道：「各位嘉賓、同寅、新聞界的朋友，很多謝你們今天到這裏來。」他頓了一頓，胸口急速起伏着，顯示出他的緊張情緒，好一會才冷靜下來，在眾人的期待下，續道：「這是個歷史性的時刻，在這裏我要告訴各位紳士淑女，有關阿特蘭提斯的確鑿證據就在這裏面，阿特蘭提斯再不是一個失去了的夢，而是活生生的事實。」

當說到這裏時，高布博士將他左手提着的公事包高高舉起，連着的銀色鐵鏈在射燈下閃爍着耀人眼目的激芒。

這時再無人懷疑公事包內裝載着有關阿特蘭提斯的關鍵性資料。但那會是甚麼東西？

眾人間一陣騷動和低語。

凌渡宇既為高布感到驕傲，另一方面也有點擔心，怕真如尊柏申所言，高布拿出來的只是另一個有關阿特蘭提斯似是而非的證據。

高布控制了全場的情緒，每個人都等待着能改變整個文明史的石破天驚的證據。

凌渡宇深吸一口氣，將風高浪急的心緒壓下去，耐心地等待，就在這時，一種不尋常的感覺流過他比常人靈敏百倍的神經。

自幼的瑜伽苦行、禪坐，使他擁有超自然的感官，現在這感官，正向他發出警報。

那是危險的警兆。

他條件反射般回望會議室內接近三百多個的來賓，恰好捕捉到一個使他驚駭欲絕的情景。

在層層高起的座位近門處，一柄亮閃閃黑黝黝的物體高舉起來，那是類似手槍的物體，只是槍嘴處插了一個較槍管遠為粗大的圓筒。

凌渡宇全身一震，正要有所行動時。

「轟！」

火光閃現，圓筒離開了槍嘴，眨眼間掠過了槍嘴與高布博士間那二十多碼的空間。

破空聲蓋過了其他所有聲音。

在眾人錯愕間，圓筒「突」一聲，正插在高舉着公事包的高布博士胸前。

跟着發生的事快得連肉眼也幾乎跟不上。

「蓬！」

高布六呎許的身體像斷線風箏被拋起，當他背脊還未倒撞往背後的書寫板時，已爆成一大團熊熊高燃的烈火。

「砰！」

高布倒撞後牆，在臨死前的剎那，他左手一揮，想將左手已變成另一團火的公事包揮走，可是繫着的鐵鏈將飛開了的公事包又帶了回來，隨着他左手的收縮，重重撞回他火舌吞吐的身上，爆起一室火星熱屑。

電光石火的突來意外，使到來參與記者招待會的數百名學者和新聞界人士，只能在震駭莫名下眼睜睜目睹着慘劇的發生，連驚叫也來不及發出。

凌渡宇的反應比任何人也快上了一線，在高布中彈時，他已向高布衝過去，在那變成了火團的公事包回拍高布身上時，他離開高布只有四呎許的距離，外衣已脫下拿到了手上，就在要往高布身上蓋去時，因公事包撞在高布身上所冒吐的火焰，早向他捲來，使他的外衣立時起火，眼看凌渡宇也要沾上燃燒的火焰時，他猛喝一聲，條件反射般側倒地上，在已變成火焰團的高布身邊滾開去。

凌渡宇知道高布已完了，縱使能在這時將火勢立即撲熄，但那也只能使高布在死神的緊擁下掙扎多數小時而已。

火星散落枱上、台上，繼續燃燒。

會議室陷進歇斯底里的狂亂裏。

尖叫、跌倒、推撞的聲音交雜在一起，凌渡宇回首望向刺客的位置，在亡命奔逃的人叢裏，黑西裝的刺客那高大背影閃往門外。

反而尊柏申最是鎮定，不知從哪裏拿起一筒滅火劑，拉開了開關，白色的化學液嘩啦啦向高布噴去了。

不過這已不能挽回高布的生命，當人體表面有百分之七十以上被燒傷時，這人便不能再活下去了。

凌渡宇「砰」一聲撞開會議室的側門，往外衝去。

一定要抓到那奪命刺客。

剎那間凌渡宇將體能發揮到極致。

他旋風般搶過長廊，切進通往會議室的走道，然後往通往校園的大門奔去，轉眼間，他跑進了陽光漫天的行政大樓前的石階頂處。

大樓前依然故我地停滿了來參加記者招待會的公私車輛，但凌渡宇的感覺完全不同了，他的心情由天堂降到了十八層下的地獄。

一個穿着黑色西服的彪形男子，正快速地奔下通向行政大樓正門分作兩疊的石階，眼看便要逃進滿佈在校園裏享受着陽光和午餐的學生堆裏。

凌渡宇一縱而起，跨越十多級石階，當腳落在石階由上計下約四分一的位置時，全力一蹬，六呎長的壯健軀體，像斑豹般靈活地凌空三百六十度翻騰，一個筋斗，大鳥般趕上了那大漢背後的上空。

那大漢也是機靈的人物，有所覺地轉身後望，手上握着的重火力手槍揚了起來，可惜他估計錯誤，以為追來者是從石階奔下來，當他驚覺有人從天而降時，制敵的時機已稍縱即逝。

「砰！」

凌渡宇的硬肩頭頂在那人臉門上。

大漢手中的槍脱手掉下，凌渡宇雙手同時纏上他的頸項，前臂彎緊壓他的咽喉，同時藉着飛撞之力，將大漢帶得往地上滾去。

乍看兩人猶在糾纏掙扎中，其實凌渡宇已控制了大局，就是最初那下猛撞，已使大漢失去了反抗之力，陷入半昏迷的狀態。

凌渡宇首先爬起身來，將刺客雙手反扭背後，正要脫下皮帶把他綑起來，驀地一呆。

只見那陷於半昏迷狀態的大漢，左右兩手均缺了生命線。要知大多數人的手掌，都有三條線，從拇指和食指間「川」字形般往相對的掌側擴展過去，生命線一般彎垂往掌底處，最接近拇指的位置。除非是「斷掌」，三條紋變成一條，橫過掌心。但這大漢的手掌明顯地有智慧線和感情線，只獨缺了最下的生命線，這種情形，可說是見所未見。

凌渡宇正要思索。

汽車輪胎摩擦柏油路面的「嘎嘎」尖響，從後方遠處傳來。

凌渡宇正處在高度戒備裏，聞聲猛往後望。

槍嘴。

一架黑色的大房車正從彎路轉入，兩名戴着太陽眼鏡的大漢，分從後座車窗處探身出來，手上持着黑黝黝的自動武器。

生死在剎那間決定。

凌渡宇一把扯起那大漢，擋在身前，只要對方投鼠忌器，他便挾着人質退入停在路旁的車群後。

「砰砰砰！」

自動武器的死亡之聲轟然響起。

凌渡宇條件反射般將大漢向前推去，同時往側一閃。「嘭」一聲撞在一輛私家車上。

大漢在血滴飛濺中，玩具般抖動着，槍彈的衝力使他前仆的身體反仰而起，一時凝定直立，並不倒下，像被無形的線扯動的木偶。

槍嘴移向凌渡宇。

凌渡宇心中嘆了一口氣，一個翻滾，從車頭翻過了另一面，槍彈從頭上呼嘯而過。

大漢的身體這時才「砰」一聲倒在地上，房車駛了過來，子彈雨點般灑至，幸好都給車身擋着。

車聲遠去。

當凌渡宇從車後探頭出來，黑色房車消失無蹤，地上並沒有大漢的屍體，若非斑斑血漬觸目驚心，真會使人錯覺剛才只是一個夢。

這時人們才從大樓的正門處湧出來。

凌渡宇心中一動，逆着人流往大樓奔去，才奔上石階，尊柏申和那兩名保鏢迎面走至。

尊柏申喝道：「抓到人沒有？」凌渡宇迎上他血紅的眼睛，不答反道：「立即通知埃及警方，要他們保護發掘場的人員。」

尊柏申全身一震，失聲道：「是的！是的！我立即打電話給埃及總統。」

假若這刺客是為了高布在發掘場找到的東西而殺人，那便沒有比在那裏工作的人更危險了。

走。

凌渡宇放下心來，沒有人比尊柏申更有資格通知埃及當局，他轉身便

尊柏申叫道：「喂！年輕人，你要到哪裏去？」

凌渡宇回頭，道：「我要用最快的方法往埃及去。」

尊柏申沉聲道：「那你更應該留下來，打完電話後，一起坐我的私人飛機往埃及去，我現在也很想知道高布究竟找到了甚麼？」

凌渡宇點頭答應。

陽光雖然仍和他抵達此地時同樣燦爛，但一切已變得完全不同了。

他也像尊柏申一樣，很想知道發掘場內藏着甚麼驚天動地的大秘密。

一個令某一方勢力不惜殺人滅口的秘密，他的心湖中浮現出一雙獨欠生命線的手掌。

阿特蘭提斯是否真的存在過？人類以不同的方式，將她記載在他們的信史裏，《聖經》中的「伊甸樂園」、希臘的古代神話世界，是否就是對

這塊沉沒了大陸的記憶片段？

根據柏拉圖的記述，整塊阿特蘭提斯大陸突然間消失了，那大約發生在距今一萬多年前的某天。在這美麗的土地上，人類創造了高度發達的文明。她究竟在哪裏？柏拉圖認為應在直布羅陀附近，但後來一位學者伊格內修斯．唐納利卻指她應介乎北美、歐洲和非洲間的大西洋，而據美洲古印第安人的傳說，她應在他們的「東方」。

每一個民族，都曾記載着至少一次的大洪水，中國的大禹治水，猶太民族的諾亞方舟，希臘、埃及、印度、古印第安人，無不有它的洪水淹沒大地的傳說。是否真的發生了一次淹沒全球的洪水，而給每一個民族留下了不能磨滅的記憶？是甚麼力量引起了這樣一次的洪水，在這災難裏，整塊載着數千萬人的大陸沉了下去？這是否週期性的災難？曾在遠古橫行一時的恐龍，是否就在這同樣的災難中變成了歷史的遺痕！

任何人打開地圖一看，都會發覺非洲的海岸和南美洲大陸可以完美無間地拼合成一塊，不僅聖羅克角附近巴西海岸的大直角突出和喀麥隆附近的凹進完全吻合，而且自此以南一帶，巴西海岸的每一個突出部份，都和非洲海岸每一個同樣形狀的海灣相呼應。反之，亦情況如一。究竟是甚麼力量將它們分裂開來？

「年輕人，你在想甚麼？」

這一聲使凌渡宇沉醉在遠古文明的思緒返回到眼前的現實裏，尊柏申灼灼目光在他臉上巡邃着。

直升機的旋翼在「軋軋」飛轉，炎熱在身體內燃燒着，乘坐尊柏申的私人飛機抵達開羅後，他們連半秒的時間也沒有浪費便坐上了這架直升機飛往埃及近利比亞邊界的大沙海，發掘場的所在地。

半小時後，他們將飛臨目的地的上空。凌渡宇迎上尊柏申的目光，淡淡道：「爵士！我的名字是凌渡宇，不是『年輕人』。」他不喜歡尊柏申高高在上的態度。

後座的兩名保鑣發出帶有嘲弄的輕笑。

尊柏申微笑道：「你的英文說得不錯，可惜帶有太濃重的美國口音，那些美國人，最擅長化妍為醜。」

凌渡宇沒有興趣在這些問題和他爭辯，在乘機由巴黎往開羅途中，尊柏申一句話也沒有和他說過，眼下他肯開腔，自然應問清楚高布究竟要發掘甚麼東西。

凌渡宇將心中的問題說了出來。

尊柏申可能因旅程苦悶，也可能是因為想重新思考整件事的因由，出奇地溫和道：「四年前，高布博士到倫敦找我，說在以色列台拉維夫的郊野處，找到了七塊玄武石，其中四塊合起來剛好是一幅地圖，其他三塊都刻有蘇美爾楔形字……」

他停了下來，瞪着凌渡宇。

凌渡宇心中一笑，尊柏申是在考他考古學上的常識，像尊柏申這類人，一定自我中心地以為自己有興趣的事物，當然地是世上最重要的頭等大事，所以凡是對古文明一無所知的人，都應在他鄙視之列。

凌渡宇何等見多識廣，淡淡道：「楔形文字是人類脱離象形文字後，首次用字母表達語言的原始文字，是嗎？爵士。」

尊柏申眼中閃過滿意的神色，續道：「那是古蘇美爾人在公元前四千年創造的世界上最早的文字，頭尖尾寬，非常易認，後來被阿卡德人繼承和改造，一直在西亞一帶被閃米特等民族使用，直至波斯卡流士帝國的晚期，還有人使用這種文字，而高布發現的玄武石板，卻是最原始的楔形文字，他估計應屬公元前三千多年前的產物。」

凌渡宇道：「既然有實物，要檢定它的年份應不是太難的事。」

尊柏申眼裏流露出對古代文明的憧憬，聲音由冷硬轉為溫柔，道：「經碳十四測定，這些玄武石板應是公元前三千八百年至三千五百年間的產物。」

凌渡宇道：「石板上銘文的內容是甚麼？」他終於問出了最關鍵性的問題。

尊柏申的聲音像是來自遙遠的天外，喃喃唸道：「永恆的神殿，為永恆的神物而重新豎立在大地之上，神揀選的僕人，為等待永恆的降臨，千百世地付出尊貴的耐心。」

凌渡宇皺眉道：「就是這謎一樣的幾句說話？」

尊柏申點頭道：「就是如此，四塊石板拼合出來的地圖，卻毫不含糊地標示出神殿的地點，不過那也是個令人百思不得其解的符號。那像是一個計時的『沙漏鐘』，上下的沙量完全相等，經高布多年的研究下，斷定了神殿的位置，就在現今的發掘場處，於是在國際考古學會的支持下，進行了第一次發掘，發現了一個神秘古城的殘骸，高布堅持聖殿應在古城之下，於是我們籌集了更龐大的經費，讓他進行史無前例、曠日持久的考古發掘。」

凌渡宇道：「高布有沒有說『永恆的神物』代表了甚麼？」

尊柏申眼中閃過激動的神色，道：「他說神物可能是《聖經》中先知摩西從山上得到刻有十誡的石板。」

凌渡宇全身一震，道：「甚麼？」

在猶太民族的舊約《聖經》裏，摩西從埃及法老王的鐵腕統治下，將猶太人帶往福地，途中他在山上得到上帝頒與他的十誡聖板，假設聖殿中藏的果真是這充滿不可窺測因素的神秘聖板，那將是能把整個人類視野改變的劃時代發現。

凌渡宇從直升機俯視下方延伸往天邊廣闊漫漫的黃沙世界，心中亦像下面的沙浪般起伏不平，還有十五分鐘便到達發掘場，他是否真的可以見到深埋地底的聖殿？看到上帝給予人類的十誡聖板？

他望向尊柏申道：「你是不是信徒？」

尊柏申道：「我們的家族由十字軍東征開始，都是虔誠的上帝信徒。」

凌渡宇恍然大悟，尊柏申如此支持高布的計劃，就是要目睹十誡聖板從深埋的泥土裏被發掘出來，所以當高布忽地宣佈從泥土裏找到的只是一個尊柏申並不相信其存在的文明時，自然使他難以接受。

尊柏申道：「昨天他在開羅和我通電話，告訴我找到了阿特蘭提斯，我氣得立時將電話摔了。」臉上泛起憤於被騙的表情。

凌渡宇臉容一整，緊張地道：「他甚麼時間和你通話？」

尊柏申沉吟半晌道：「下午三時許，那時我剛吃完午餐。」

凌渡宇皺眉道：「他在黃昏時分找到我，當時他告訴我在台拉維夫的家裏，時間這麼迫切，他到台拉維夫幹甚麼？」

尊柏申正要答話，埃及籍的直升機駕駛員已叫道：「到了！就在前面。」

眾人眼光一起望往前方。

首先映入眼簾，是呈方形的白色混凝土建築，在四堵高牆內，有規律地排列了十多間屋子，那應是考古團的營地，高牆是沙漠裏擋風沙的必需品。

三架埃及軍方蘇製噴氣式直升機停在營地四周，在這離地數百碼的高度望下去，滾滾風沙裏隱約可見穿着軍服的人員在忙碌着。

直升機定在半空，緩緩降下。

「天！這是怎麼一回事？」直升機駕駛員驚叫起來。

凌渡宇縱目下望，一顆心像浸進了冰水裏。尊柏申有點高血壓的紅臉，剎那間轉為青白，鮮血一下子消失無蹤。

他們終於看到了軍警為甚麼忙碌着。

一條一條的屍體，整齊地排成長長的兩行，乍看之下最少有百多條。

從這角度望下去，份外怵目驚心。

在營地的西南角，原本是古城遺址的地方，古城的殘餘已化為沙礫，在像煮沸了般的翻騰沙浪裏，佈滿了木屑和難以名狀的雜物，在風沙的吹捲下，隨處滾動，間中在風勢夾擊下，捲上半空，成為此起彼落的小旋風捲。

那是強烈爆炸後的遺痕。

整個發掘場完全地毀塌。

直升機降到沙丘上，一個埃軍上校冒着旋葉打起的風沙躬着身迎上來，氣急敗壞地叫道：「全死了，營地裏一百八十四人，全部被謀殺，發掘場也被爆掉了。」

凌渡宇等全身麻木坐在直升機裏，連步下直升機的意欲也消失得無影無蹤。

可以想像狠辣惡毒的兇手，先將發掘場的人驅趕到地面，集體殺害，接着再在發掘場的至深處安裝上烈性炸藥，把能改變整個人類歷史的古蹟徹底毀掉。

這樣做究竟為了甚麼？

加上高布，總共是一百八十五條人命，這項血債，已肩負到淩渡宇身上。

他不由自主想起那缺了生命線的手掌，一股寒意從深心處狂湧起來。

第三章

撲朔迷離

夏能准將坐在旅館酒吧裏啜着喜愛的德國啤酒，單從外貌看他，沒有人能猜想到他是以色列情報局裏舉足輕重的人物。

四名勇悍的衛兵分坐在靠近前門和後門的兩張枱前，在特別的安排下，酒吧除了他們五人外再無他客，衛兵的自動步槍都掛在椅背上，在這強敵環伺的國土裏，這種景象就若呼吸那樣自然地難以引起驚異。反而夏能文質彬彬的紳士外表，跟雄赳赳的衛士有種使人怪怪的不協調。

鐘擺敲響了十二下金屬撞擊的清音，時間無情的推移下，一天結束的時候到了。

夏能移正架在鼻樑的金絲框眼鏡，眼光落在進入酒吧的門上，一個男子正於此時推門而入，衛士們的手摸上了武器。

那人在門前站定，雙手自覺地下垂，以示善意。

夏能長身而起，張開手歡迎道：「淩先生別來無恙。」

來者正是淩渡宇，他和夏能緊緊地擁抱了一下，分了開來，再熱烈地握手。

兩人上次見面，是三年前的事了，那次他們是因幻石事件而初識（事見拙作《月魔》）。

夏能邀淩渡宇在酒吧長枱前的高櫈坐下後，在淩渡宇的同意下，奉上倒得滿滿的一杯啤酒。

淩渡宇悠閒地啜着啤酒，一點也沒有予人僕僕風塵的感覺。

夏能頗欣賞他的從容自若，在危機重重裏保持沉着冷靜，正是他這類出生入死、每天也和死神玩遊戲的人最需要的條件。

夏能開腔道：「朋友，並沒有人跟蹤你。」

淩渡宇雙眉一揚道：「你肯定嗎？」他這樣說，不是對夏能的能力和判斷有懷疑，而是希望知道進一步的情形。

夏能神色不動地道：「我在你從台拉維夫機場下機後來此的途中，設置了十個固定的觀察點，和十八個流動的追蹤單位，包括了兩架直升偵察機，假若這樣的佈置，還找不出閣下是否被跟蹤，我們的國家早滅亡了。」

凌渡宇心中一凜，假設夏能動用了這樣的人力物力來應他到台拉維夫前的請求，不用說整件事已得到了以色列內閣的批准。

夏能像能看穿他的心意，點頭道：「你猜得對，我已獲得了全權來協助你在我們境內一切要進行的事。」

凌渡宇沉吟起來，這意外的助力，究竟是福是禍？

夏能用力拍了一下他的肩頭道：「不要懷疑自己的能力，自『幻石事件』後，我們曾對你的出身背景做了無孔不入的調查，知道你是追求建立地球理想國『抗暴聯盟』的領導人物之一，但所有線索回溯至你十五歲由西藏來美時，便成一片空白，在西藏那十五年應是使你成為如此一個人物的最重要時間吧？」

凌渡宇微笑道：「那和我應懷疑或不應懷疑自己的能力有何關係？」

夏能也報以微笑道：「你既能瞞過我們，已代表了你有驚人的能力和非凡的手段。」

凌渡宇失聲笑了起來，這算甚麼邏輯，但卻表現了夏能對以色列龐大情報網的自信。既是如此，自己也不用費神向他再解釋一次剛發生的大屠殺，反而可能從夏能處得到更多的資料。

凌渡宇單刀直入道：「誰幹的？」

夏能溫和的眼神轉得像刀鋒般的銳利，盯着凌渡宇眨也不眨，放在啤酒杯旁的右手曲起了中指，一下一下敲在枱面上，發出「篤篤篤」單調而又清脆的響音，在靜寂得落針可聞的酒吧裏，和鐘擺搖動的聲音交接響起。

夏能的眼光移往酒杯裏黃澄澄的液體，沉聲道：「在最後期的考古發掘團裏工作的人，有三個是間接或直接為我們情報局工作的人，這兩年來我們一直密切注視着整件事情的發展，你可知我們為何如此重視這次似乎純屬考古學術的一個發掘？」

凌渡宇目閃異光，道：「因為考古的結果可帶來強大的政治影響。」

夏能嘆了一口氣，道：「就是如此，假設在地底裏真的掘出了刻有十誡的石板，問題便大了，我們或可以此證明該處原屬以色列的土地，這還不是阿拉伯人害怕的事。他們更害怕的是文物裏還包含了很多其他不可知的因素，若叫文物證明了以色列和阿拉伯人竟是同一血緣的兄弟民族，那才好玩呢。」夏能將杯中啤酒一飲而盡，一反先前斯文的淺嚐即止。

凌渡宇皺眉道：「埃及人大可不批准這次考古發掘？」

夏能哂道：「政治是個骯髒的遊戲，以高布在考古界的聲譽，何處不可以籌集發掘的經費，但他偏要找上國際考古學會，就是要憑藉考古學會的政治勢力。要知單單學會主席尊柏申爵士，便是英國的元老政治家，有巨大的影響力，至於其他委員，都非富即貴。」

凌渡宇道：「我恐怕這還不足以成為決定性的因素吧。」

夏能淡淡道：「當然不能，最主要是阿拉伯人並不相信高布能在下面掘到十誡板，若掘出來是古埃及一座金字塔，又或甚麼也沒有，埃及都可大肆宣傳，又何樂而不為。」一跟着再壓低聲音道：「況且，儘管掘出了東西，埃及政府也隨時可以阻止發掘，沒收一切。」

凌渡宇突覺腦袋像大了幾倍，一個考古發掘，竟牽涉到這麼複雜的政治問題，夏能是局中人，自然比他這局外人看得更清楚。由此亦可以肯定發掘團裏，必然佈滿了埃及、利比亞、敍利亞等各中東國家派來的眼線。沒有一個阿拉伯人肯讓這考古團發掘出能改變已存在的歷史事實的任何證據，那將造成難以預估的宗教和政治衝擊，影響到當前所有的信念和統治者的地位。

夏能道：「所以我們也不明白。」

凌渡宇精神一振，道：「不明白甚麼？」

夏能道：「高布在發掘場的最底層發現了一道通往某一處的大門，

門上刻滿只有高布才能破譯的古文字，高布用攝影器材拍了一套相片後，便飛往巴黎，召開記者招待會，向世界各大通訊機構發佈找到阿特蘭提斯的消息。我們和所有中東國家都只能抱着暫觀其變的態度，等待事態的發展，沒有人會在情況不明朗下，貿然採取這種犯天下大不韙的屠殺手段，何況被屠殺者中，還包括了各國的眼線和間諜，你說我怎能明白？」

凌渡宇道：「高布在召開記者招待會前曾到了開羅，為何又要趕來台拉維夫？」

夏能雙手一比道：「高布和埃及應有協議，所有考古發現，均需先呈上埃及文物局審閱，但高布顯然沒有遵守這項協議，玩了個小把戲，在開羅機場稍作停留後，便飛往塞浦路斯，再駁機飛來台拉維夫，在台拉維夫東郊他的僻靜別墅裏逗留了一晚，翌晨才乘坐十時四十三分的飛機往巴黎。至於高布為何這樣做，沒有人知道。」

凌渡宇微笑道：「好了！朋友，在高布的別墅裏，你找到了甚麼？」

夏能嘆了一口氣道：「是的！我們曾搜索過他的別墅，但甚麼也沒有發現。」看着凌渡宇不信任的目光，夏能攤開手道：「高布所有重要的資料，都以一種從未有的古文字做記錄，至今我們還沒有人可以破譯。我寧願他用的是密碼。」

凌渡宇道：「高布並非當今世上唯一的古文字專家吧。」

夏能臉上泛起凝重的神色，道：「據我們的專家說，高布記錄資料的文字古怪至極，完全超出他們的知識範圍之外，就像他是外星人來到地球，仍沿用本身的文字那樣。」

凌渡宇思緒陷進前所未有的混亂裏，再想了一會，忽地伸出手來，道：「給我！」

夏能愕然道：「給你甚麼？」

凌渡宇道：「別墅的地址，同時命你派往監視的人全離開別墅範圍，我想嘗一嘗做魚餌的滋味。」

夏能猶豫地望着他。

凌渡宇微笑道：「你不是說以色列內閣已批准你全力支持我嗎？」

兩支細長的鋼線伸進鎖孔內，試探地移動着，不到半分鐘，「咔啦」一聲，鎖給打了開來，一個這樣的普通門鎖，當然難不倒凌渡宇這開鎖專家。

凌渡宇大模大樣推門入屋，完全不考慮會給人當作是小偷，因為這所坐落在台拉維夫東郊的平房地點頗為偏僻，最近的鄰居也在半里之外，加上遠離主要的公路，若非手上有夏能給他的指示圖，要找來這裏絕非易事。

凌渡宇走進屋內，正要亮起手上的電筒，心中忽現警兆。屋內有其他人。

這純粹是一種非理性的直覺，就像你雖然看不見，但總覺得有人在背後盯視你那樣。凌渡宇前半生在西藏，一直鍛煉苦行瑜伽和禪定大手印，靈覺自是比常人靈敏百倍，當他的第六感告訴他屋內有人時，那就絕錯不了。

他閃身橫移到門旁的陰暗處，以免因遠處的街燈微光從門外透入，將他的位置清楚地顯露，成為對方攻擊的目標。

「的！」

屋的後方傳來一下微弱的聲響。

凌渡宇疾風般在黑暗裏推前。他勝在夏能曾告訴他有關屋內物品放置的形勢，所以目雖不能見物，仍可順利來到後廳的門旁。

門是打開的。

凌渡宇藝高人膽大，一個翻滾已深進內廳，手中電筒同時亮着，光柱探射燈般掃射着每一角落。

曾傳出聲音的內廳空無一人。

凌渡宇一挺腰彈了起來，外面吹來的涼風把他的注意力吸引到一扇半掩的窗戶去，凌渡宇關了電筒，來至窗前。

里許外公路上的路燈在樹木掩映下無力地揮發着一團團的昏黃，千多方呎的後花園盡處是八呎高的鐵欄，再外面是黑壓壓的密林。

凌渡宇豎長耳朵，不肯放過遠近任何細微的聲音。

只有林中傳來的蟲鳴。

敞開的窗戶告訴他剛才絕非錯覺，究竟會是誰？夏能的人在他到來時才撤走，而這人竟然能趁這短暫的空隙潛進屋內，實在大不簡單，此人身手的高明，連他也感到驚異。

凌渡宇扭着了電燈，步回前廳。

屋內井井有條，一點也沒有被搜索過的痕跡，但他知道這裏每一張紙，都給以色列情報局拍成微型底片，再由各類專家去鑑定和研究。凌渡宇走進書房內，屋內最搶眼的是放在書桌上的巨大地球儀，他在大書桌前的椅子坐了下來，眼睛定定地注視着書桌上一本紅色封面、類似日記的厚冊子。

夏能告訴他，就是在這冊子裏，高布寫滿了他那種令人不能明白的古怪文字。凌渡宇深深地吸了一口氣，拿起記事冊，揭開封頁，入目是一串四組奇怪的符號，符號由不同的幾何圖形混合而成，予人複雜難明的感覺，組與組間有很多大點小點長線短線，使四組符號合成一個有着難以言喻關係的整體。

凌渡宇這時才明白夏能的話意，眼前的文字或符號，只能是屬於另一個文明所產生的文字，而因為這些古怪符號顯示了對幾何圖形最深奧和微妙的組織，所以只能屬於一個比地球更先進的文明，一個能創造比地球任何文字更豐富複雜的文明，而絕非原始的象形或楔形文字。

凌渡宇揭開第二頁，入目的景象幾乎使他從座椅裏彈跳而起。

數百組這樣奇怪的文字，密密麻麻爬滿相對的兩頁紙，沒有一個是相同的。

為何從來沒有聽高布提過有關這種奇怪文字的任何事？

這也不屬於間諜密碼的一種。

在電腦密碼出現前，主要的密碼系統有「轉置式密碼」、「換字式密碼」和「機械密碼」三大類，又或將這些方式交雜運用，但無論哪一種密碼，都是利用現存的字母、符號或數目字來演繹另一種意思，可是眼前這些奇怪的符號，卻是完全不同的另一種東西。

凌渡宇走馬看花地翻完了整本記事冊，除了最後十多頁是空白外，冊子其他二百三十頁全寫滿了這奇怪的文字。

凌渡宇將冊子抱在胸前，閉上眼睛，深長地呼吸起來，以壓下激動的情緒，很快他進入平靜無波的精神境界，假設思想像投進心湖的漣漪，這刻湖面卻是波平如鏡，一絲不漏地反映着湖外每一個情景。

屋外的蟲鳴聲，無孔不入地透進來，天色逐漸發白，永不爽約的早晨再次降臨人間。

一直到九時多，淩渡宇才精神飽滿地從禪定裏回醒過來。他睜眼第一件看到的是那個放在書桌上的地球儀，地球儀上有些奪目的黑點，看來是高布有意刻上，標示着該處有特別的古物，淩渡宇心中一動，轉動地球儀，當埃及地中海的地域向着他時，失望地發覺並沒有任何標示。

這些黑點似乎是對稱的，當這一面有一點時，相對的一面就有另一點，像一條軸的兩頭，但為何偏偏進行發掘的大沙海卻沒有任何標示？

他將記事冊收進外衣寬大的左邊內袋裏，因為右胸處掛了夏能昨晚給他做自衛的大口徑密林手槍，以色列情報局這樣信任他，一方面是夏能的功勞，另一方面他們也不適合直接介入這震動世界的事件裏，故此淩渡宇是個很理想的人選，兼且淩渡宇和國際刑警有非常密切的關係，辦起事來容易得多。

淩渡宇剛要步往正門，才轉身，已給牆上一張四呎乘四呎的巨型圖片所吸引。

圖中心是一張地圖，線條已模糊不清，但仍隱約可看到地中海沿着埃及、約旦、敍利亞一帶的海岸線，圖上沒有任何文字，只有在右下角處有個奇怪的符形，看去的確是個沙漏鐘。兩條粗細不齊的直線，將地圖切割成四個等分，使凌渡宇醒悟到地圖是由四塊殘破的玄武石板拼合而成。

圖片上方是打橫排的另三塊石板，是兩列楔形文字，正如尊柏申爵士所言。

這七塊玄武石板現放在國際考古學會的保管庫，但對於石板的來歷，尊柏申說高布堅持要稍後才能發表，可惜現在他已死了，這可能成為一個永遠解不開的謎。

凌渡宇仔細地搜尋每一個角落、每一張紙、每一本書，遠勝常人的體力，使他鉅細無遺地察查每一個可能把秘密隱藏起來的地方，高布往巴黎前特別飛來這裏，一定有特別的作用，只恨直至夜幕低垂，仍未有能解開這謎底的答案。

臥室裏床鋪整齊，仍保留着清洗過的氣味，顯示高布雖然在這平房裏過了一夜，卻沒有睡覺，難道他徹夜就是為了要在記事冊寫下那些奇怪的文字，然後任由它放在枱面上？那天記者招待會時，高布曾和他談及要借助他來應付某一危險，是否他早知道有被人刺殺的可能？假設如此，整個問題更複雜了。

他感到肚子有點餓，暗忖早午兩餐都錯過了，這時應是往附近城鎮的餐廳吃晚膳的時間了，順步往大門走去，他的車就泊在正門處。

這時另一個念頭在心中升起來。

車子切入公路後，往台拉維夫市中心的方向駛去，車行還未夠五分鐘，凌渡宇一個迴旋，往來路駛回去，直至駛到通入高布別墅的私家路前，才將車停下。

凌渡宇走出車外，靜悄悄穿過密林，朝別墅走去。

別墅烏黑一片，沒有半點燈火。

凌渡宇敏捷地爬過高欄，閃往屋後廚房處，推開故意虛掩的門，摸進漆黑的屋內。

「唏唉！」

微弱的聲音從書房裏傳出來。

凌渡宇心中大喜，在整件事似乎到了前無去路的階段時，這闖入者帶來的可能是另一條出路，假若對方的手掌也是缺少了生命線，他應怎麼辦？

這刻不容多想，憑着窗外透入遠處路燈的燈光，加上對屋內環境的熟悉，凌渡宇快速卻全無聲息地來到書房門前，探頭往內望去。

凌渡宇已作好了所有心理準備，但入目的景象，仍使他心中不由一震。

在窗外透入的微弱光線下，一個黑影在書桌前搜索着，她穿着寬大的運動褲和皮夾克，赤着雙腳，這時她正背着凌渡宇，但長垂的秀髮和動人的體態，即使看不到臉，仍使人感到她是個極具魅力的女子，產生看她一眼的衝動。

這都不是令凌渡宇感到奇怪的地方。

令人驚駭欲絕的是她露在衣服外的皮膚，揮散着奇異的藍芒，就像她的身體充盈着某一種玄異的能量，這藍芒若有若無，假設亮着了燈，保證再也看不到。

凌渡宇踏進書房裏，低喝道：「不要動！」手已探進懷裏，握在槍柄上。

那女子全身一震，霍地轉過頭來。

凌渡宇手一揚，槍管對正她的眉心。

若照常理，凌渡宇應該看不到她的樣貌，但在淡淡的藍芒裏，連她長長的睫毛也逃不過他瞪得大大的眼睛。

他知道即使這刻她如空氣般消失了，這一生也休想忘記她的臉，他想起古希臘女神的雕像，近乎不可能的筆直而高得恰如其份的鼻子，渾圓的顴骨，無懈可擊地揉和了硬朗陽剛的面部輪廓，豐滿和稜角分明的嘴唇，只能出自雕塑大師費盡心血的精工細琢，晶瑩得像透明的皮膚泛着健康的粉紅色澤，最動人還是她清澈澄藍的眼睛，在中分而下的烏黑秀髮襯托下更是奪人心魄。

這是不應屬於這凡間的絕色。

凌渡宇呆了起來。

那女子的瞳孔一張，像天上最明亮的星星來到了眼內，爆起一點精亮，接着尖嘶一聲，向後猛退，直至背脊撞在窗戶上，一個倒翻，隱沒在窗下的牆壁後。

凌渡宇驀地回醒，低喝一聲，一個箭步標前，往窗外撲去，在花園的草地上滴溜溜地連滾三轉，才借腰力彈起來，目光作三百六十度地搜索。

遠處的燈光，密密的樹林，清冷的平房，但剛才那女子已蹤影杳然。

只有從戈蘭高地吹來的寒風。

凌渡宇回到屋裏，逐處查看，書房的東西全被翻過，最後來到臥房，只見衣櫃打了開來，頗為凌亂。

凌渡宇的記憶細胞重播見到那奇異女子的景象，寬大的運動褲、皮夾克、赤着的雙腳。凌渡宇的結論連自己也大吃一驚。

那女子在衣櫃內取了高布的衣物穿上，這即是說原本她是赤身裸體的。

赤裸女神般的美女，

沒有生命線的手掌，

十誡聖板，

阿特蘭提斯，

這世界究竟發生了甚麼事？

第四章

神秘美女

陣陣涼風，從地中海處吹來，初升的陽光灑在戈蘭高地，在耶路撒冷的舊城上，雄視遠近壯闊的地貌，使人不能自已地神遊着這無論猶太教、基督教和伊斯蘭教都視之為聖地的那部以血、仇恨和戰爭寫成的歷史，對「耶路撒冷」在希伯來語本意的「和平之城」，實充滿着令人難堪的諷刺！

在約旦河的西面橫亙着一片青翠的原野，河流蜿蜒，山丘布疋般起伏，正是在這表面和平寧靜的天地裏，殘酷的鬥爭永無休止地進行着。

凌渡宇和夏能坐在近山頂的露天餐廳的坐椅裏，享受着溫煦的陽光，在高處俯視着通上聖城遊人如織的道路。

夏能打開話匣道：「據説就是在這附近的某處，高布找到了那七塊刻上楔形文字和地圖的玄武石板。」

凌渡宇目光掃了掃七名分坐另外兩枱壯悍的以色列士兵，夏能的貼身保鑣，淡淡道：「以色列肯容許外人將文物帶離國境嗎？」

夏能取出一個煙斗，加上煙絲，點燃後深吸一口，享受地道：「這是南美來的上等貨。」頓了頓才道：「我們並不知道，而且也不相信那些玄武石板真的是從耶路撒冷附近得來，你想不想知道我們對高布的最新看法？」

凌渡宇盯着夏能，他外表看來從容冷靜，但心中的思潮顯正掀起滔天巨浪，夏能這幾句話內中大有文章，要知以色列在強敵環伺下立國，首要之務是知己知彼，洞悉先機，所以她的情報組織雖不是最龐大，但卻是最精銳、高效率和最嚴密，而且和美國情報局有着緊密的合作，所以她若要查一個人，這個人就像透明了一樣，絕不能隱瞞甚麼。

所以夏能說高布的玄武石板不是從耶路撒冷以色列當局的眼皮下偷偷運走，那應是事實，問題是高布為何撒謊。

凌渡宇第一次遇到高布是在非洲一個原始部落裏，那是七年前的事了，自此以後兩人一直保持聯絡，但高布的真正來歷背景，對他來說只是一片空白。他和高布雖是肝膽相照的好朋友，但想深一層，對這好朋友實在是一無所知，起碼不知道他為何用那種怪文字來作記錄。

夏能輕描淡寫地道：「他根本不是高布。」

一向冷靜過人的凌渡宇，也忍不住全身一震，道：「甚麼？」

夏能重複一次，才解釋道：「高布之所以成為考古學的權威，主要是他出版了幾本震驚學術界的著作，顯示了他對古文化、古文字學的超卓見識。但奇怪的是沒有一本著作提到阿特蘭提斯，而那應是他最醉心的課題。」

凌渡宇沉吟道：「這的確很耐人尋味，他為何故意避開這題目？」

夏能道：「據他說他原籍阿根廷，來自東部一個名『柏達理』的小鎮，但經我們調查，那個只有三百多居民的小鎮，沒有人認識他，也沒有人記得起有這個人，包括該鎮唯一的小學連中學的所有教師和校長。」

凌渡宇道：「但他的博士學位……」

夏能緊接道：「那是從巴西一所不見經傳的大學買回來的，只要你捐的錢足夠得使校董會滿意的話，你甚至可以嘗嘗大學校長的滋味。」

凌渡宇道：「你是否想説，他的整個身份是假造出來的。」

夏能道：「正是如此。但他在考古學上的知識，的確是無人能出其右。」

夏能説時將身體扭轉，遠眺着遠處的荒原，嘆了口氣再道：「看見嗎？就是在那廣闊的原野上，在公元十二世紀，薩馬丁的軍隊將十字軍完全擊潰。」

凌渡宇接口道：「在那之前三千年，法老王三世策馳着金色的戰車，率領戰無不克的大軍攻入迦南。在同一個地方，大衛王將腓尼基人打得永不翻身。」

夏能驚異地道：「想不到你這中國人，倒熟悉我們的歷史。」

凌渡宇苦笑道：「是高布告訴我的。」

兩人愕然對望，一時間沉默起來。

高布究竟是甚麼人，他為何要在自己的出身來歷上説謊？為何會招致殺身之禍？

夏能又嘆了一口氣，謎一樣的連串事件，深深地困擾着這個經驗老到的情報間諜高手，他似乎是自言自語地喃喃道：「阿特蘭提斯不是沉進了大西洋嗎？為何高布能在沙漠的地底找到阿特蘭提斯。」

凌渡宇同意地點頭，相信同一個問題，也正在困擾着尊柏申，否則他也不會由一開始便表示不相信高布了。

他記起了初遇高布時的情形，他們為了不同的理由來到這文明卻步的非洲原始地帶裏，很快變成了朋友，就在部落的篝火前，高布向他提到阿特蘭提斯。

第一個談阿特蘭提斯的柏拉圖，指出阿特蘭提斯是浩瀚大西洋裏一座巨大的海島，從直布羅陀的西部，伸延到加勒比海。可是經過仔細的搜查，在這海域的海底，除了細沙、淤泥之外便一無所有。

但搜索這在萬多年前一夕間沉入海底的巨島的工作並沒有停下來，六十年代中期，人們在加勒比海中巴哈馬群島的比米尼島的海底下，發現了人工修築的城牆，令人驚異的是其歷史恰好是一萬二千年，與阿特蘭提斯存在的時間吻合無間。

這是被劃歸百慕達神秘大三角內的奇異海域，使人不能拒絕地將這已沉沒的大陸，和這充滿不解之謎的海域凶地聯繫在一起。

同一海區裏，美、法科學家還發現了一座巨大的水底金字塔，距海平面約兩百二十呎，金字塔底邊長七百多呎，高約五百呎。

可惜發現便止於此。

那一晚，高布就是興致勃勃地和淩渡宇談論着有關阿特蘭提斯的一切。他來到非洲，就是要搜尋在陸沉後幸而不死的阿特蘭提斯餘民，遷徙往非洲其他角落的文化遺痕。高布豐富得令人難以置信的有關這遺失文明的知識，使淩渡宇也不由發生了濃深的興趣，可是正如夏能所言，高布為何在他的著作和論文裏，對阿特蘭提斯隻字不提？他為何要避人耳目？而他的死是否因為他宣佈他找到了阿特蘭提斯？既是如此，他為何突然間完全改變了風格，要向全世界宣佈有關阿特蘭提斯的發現？這豈非矛盾非常？

對整件事愈知得多，愈使人迷惑。

夏能的說話將他開了小差的思潮扯回現實裏。

夏能道：「你在高布的別墅裏有甚麼發現？」

凌渡宇聳肩道：「你應該知道。」

夏能道：「我已遵照你的意思，撤去了所有監視，怎還能知道你在屋裏幹了甚麼？」

凌渡宇眼中閃過一絲笑意，幽默地道：「這世界有三種人是我絕不相信的，第一種是和我一買一賣的商人，其次就是政客和間諜。」

夏能眼中掠過不滿的神色，道：「在你眼中我只是個如此這般的人嗎？」

凌渡宇道：「朋友，你是我尊敬的人，而且有過愉快的合作經驗。可是無論你在以色列情報局如何重要，仍不能不遵照局裏的守則和其他人的意願行事，否則出了問題後，你如何交代？我敢説在現代精密的偵查系統下，我在屋內的一舉一動，一言一語，都會在你某一個固定或流動的情報中心裏，鉅細無遺的出現在熒幕上；而我駕駛的車，在那裏會變成一幅牆壁般大的街道圖上一個閃動的紅點，我有説錯嗎？夏能准將。」

夏能再為自己的煙斗添上煙絲，挨着椅背狠狠吸了兩口，撮口一噴，一個煙圈裊裊升起，在兩人頭頂處漸漸淡去，才嘆了一口氣道：「我若再否認，恐怕除了不值得你信任外，還要不值得你尊敬了，是嗎？」

凌渡宇最喜夏能的快人爽語，俯前道：「所以我實在不明白，天還未亮你便約我來此見面，你還需要甚麼你還未知道的資料？」

夏能也俯前，眼神變得鷹隼般鋭利道，「我只想知道在這段時間內發生的事，就是你剛抵達別墅和傍晚你離開後又折回屋裏那兩段時間。」

凌渡宇心中一動道：「你們的儀器出了問題嗎？」

夏能道：「正是這樣，就是這兩段時間，所有電子偵訊儀都受到某一神秘功能的干擾，一點清楚的信息也收不到。」

那女子，就是那神秘女子出現的時間，產生了神秘的干擾，凌渡宇又想起她皮膚上泛起奇異的藍色光芒，難道正是她的身體發射出能使先進電子儀器失靈的能量？

夏能的目光緊攫着他，一點也不放鬆。

凌渡宇眼光從他身上移走，掠過保護夏能的以色列士兵，這些勇敢的人，這些由軍人養大的軍人，在經歷了希特勒納粹集中營裏的毒氣室和西奈沙漠的磨煉後，已將驚人的敏銳和強悍鑄刻在他們的遺傳因子裏，要找個謊話來說給他們聽容易得很，但要瞞過他們，要他們毫不懷疑地相信，那比撈起水中的明月還困難。

但若他如實告訴夏能有關那女子的奇事，他會相信嗎？

凌渡宇迎上夏能的目光，道：「其實這也是我到來赴約的理由，我還以為可以從你那方面得到進一步的資料。」

夏能目光一凝，正要說話。

凌渡宇臉色一變，猛地站了起來，眼光望往對面的街道。

夏能隨他的目光望去。

在一群外貌看似英美遊客的隊伍裏，一個戴着面紗穿着黑長袍的女子，正迅速別轉身去，開始急步走向一道往下伸延的長石階，眼看要消失在視線外。

凌渡宇跳了起來，一個箭步切過街道，朝那女子追去。

幾名士兵機敏地彈了起來，自動武器揚起，一時將餐廳中人的注意力全吸引過來。

夏能在這危急關頭顯示出對凌渡宇的信任，向那些士兵高喝道：「住手，讓他去吧！」接着道：「他一定有他的原因，而且他幹不到的事，我們也未必勝任。」

眾人愕然望向他。

街上擠滿了人和車，兜售各式各樣紀念品和食物的巴勒斯坦人，興高采烈的遊客，蹲在街角戴着紅氈帽的老人，攔路乞討的小孩，坐在街邊露天茶座喝咖啡的男女，鬧哄哄的街道混雜了收音機播出來的阿拉伯音樂，加上汽車響號的噪音，造成節日般的熱鬧氣氛。

凌渡宇奔下十多級石階，擠進這條通往聖殿山的街裏去。

那女子的背影在左邊的人潮裏一閃而沒。凌渡宇如獲至寶，以所能達到的最高速度，在人車爭道裏向女子的方向搶去。

他也分不清楚心中的興奮和怕追失對方的焦急心情，是因為對方的神秘和特異；或是因為對方可能是解開謎底的關鍵性人物，還是因為心深處想再目睹她的絕世姿容。雖然她整個人都被阿拉伯袍服包裹起來，但露在外面的一對動人眼睛，像兩泓清澈的藍色波光，已使他毫無困難將她認了出來。

他離開了大街，走進一條石板鋪成的道路，人少了起來，道路左面是通往一座圓頂的清真寺，右面是往山下的斜坡，凌渡宇毫不猶豫往右面的斜坡奔下去，清真寺並不是女人可以隨便進入的地方。

凌渡宇再次進入擠擁的大街，茫茫人海裏，那女子已失去影跡，心中不禁一陣頹喪，在他這類一生在精神修養下工夫的人，很少會有這類情緒，由此可見那女子實具有驚人的魅力。

凌渡宇轉身，正要走回剛才離開夏能的地點，驀地眼角捕捉到一個熟悉的身形，當他的目光跟蹤過去時，那女子的背影恰好又消失在一道橫巷裏。

凌渡宇心中一動，這次他毫不緊張，輕鬆地往橫巷走去。

窄窄的橫巷裏，一群巴勒斯坦老人，蹲在地上捉着「十五子棋」，那是阿拉伯世界裏流行的玩意，其中一些抬起頭來，警惕地打量這外來客。

凌渡宇跨過他們，朝巷裏走進去。

穿過了橫巷，眼前一亮，發覺自己來到聖殿山後邊高處的公路，可俯瞰延綿不絕的西奈半島的景色，附近遊人稀少，這並非旅遊的熱點。

一座猶太教的教堂，矗立在右方不遠處，古色古香，使人生出寧靜和平的感覺。

凌渡宇環目四視，最後決定往教堂內走去，教堂門口有幾名揹着美製自動步槍的以色列士兵，使他改變主意，繞過正門，走進猶太廟旁林木婆娑的花園去，園中央一個大噴水池正嘩啦啦冒起幾條水柱，灑在池中的大理石雕像上。

她就靜靜坐在池邊，好像早預估到凌渡宇會找到來。

凌渡宇的心臟不爭氣地急跳了幾下，才深吸一口氣，朝她走過去。

花園裏非常幽靜，這是回教徒不屑踏足的地方。

淩渡宇來到她身後六呎許的距離。

那女郎以充滿磁性的悦耳聲音低喝道：「不要……不要再近了。」

她說的是英語，但語氣生硬，發音不正確，帶着很奇異的口音。

淩渡宇望着她裹在袍服和頭巾下的背影，小心地道：「可以說你的家鄉話，只要不是太冷門的，我便可以聽得懂。」他倒不是吹牛皮，在語言上他絕對是個天才，熟悉的語言超過八個國家，連一些亞非少數民族的語言也有一定的認識。他這樣說亦非故意暗示對方的英語蹩腳，而是他沒法從外表去肯定她的國籍，所以乘機試探。

那女子依然以她生硬的英語道：「你……你不要說多餘話，拿來！」

淩渡宇愕然道：「拿甚麼？」

女子的反應大大出乎他意料之外，她猛地長身而起，同一時間她身上的袍服隨手掀起，露出裹在運動衣裏，健美修長充盈着彈力的身材。

凌渡宇一愕間，她手上的黑袍「颼」的一聲，像朵烏雲般向他飛來，罩向他的頭臉，風聲呼呼，手勁出奇地重。

凌渡宇有哪些風浪未曾經歷過？急速後移，袍服直追而來，終及不上他後退的速度，往下落去，就在袍服剛好落至與他的雙眼平行的位置，遮着了他的視線時，女子像一道閃電般，已迫至身前三呎許處，手撮成刀，當胸向他插來。

凌渡宇最好的方法，便是以他驚人的速度拔槍放射，保證對方難逃大限，但他豈會在真相未明前便傷害對方？冷哼一聲，掌側斜劈向對方的手刀。

「啪！」

凌渡宇劈正女子刺來的掌背上，他已留了幾成力，否則即使對方的手掌是磚頭造成，也會骨碎肉綻。

不可思議的事發生了，就在兩手肌膚交接的剎那，一道藍芒霹靂般在兩人接觸處「噼啪」一聲爆開。

「蓬！」

一道熱能從手背傳入淩渡宇手肘，沿着手臂的經脈，閃電般刺進他的腦神經中樞去。

一股崩天裂地的劇痛，在他大腦神經的感覺中心散開。

以淩渡宇的堅忍卓絕，自少苦修瑜伽的鍛煉，也受不了這突如其來的神經痛楚，怪叫一聲，整個人踉蹌倒退，一時間完全喪失了抵抗的能力，更遑論攻擊了。

那女子的頭巾和面紗已脫了下來，露出了懾人心魄古女神般的臉容，驚異地望着步履不穩的淩渡宇，似乎對他仍能支持不倒大感訝異。

淩渡宇勉力站定，受劇痛的影響，連視野也模糊起來，朦朧間，那女子又再迫來。

「噼啪！」

另一道熱能從胸膛傳入心臟處，他再也抵受不了，整個人離地拋起，向後仰蹟。

「蓬！」

他感到背脊撞在地上，傳來另一陣痛楚，不過比起熱能在身體造成的，實在是微不足道。

換了是一般人，早在第一道熱能襲體時，已暈死過去，但凌渡宇在西藏度過的歲月裏，受的是無上苦行瑜伽的嚴格修行，強調精神戰勝物質，第一道熱能刺入他體內時，實在太出其不意，令他猝不及防下吃了大虧；但第二道熱能他已有心理準備，所以一跌在地上時，立時咬牙對抗着撕心裂肺的神經巨痛，將精神提起至最濃烈的集中，以無上意志將肉體的苦楚置諸腦後，一運腰勁，向橫滾開去。

剛好那女子撲了上來，提腳側踢凌渡宇身上的脆弱部位，若教踢中，凌渡宇儘管不立刻昏迷，也休想再有反抗之力。

凌渡宇側滾下恰好避過。

女子萬萬想不到對方仍有運動能力，錯愕間凌渡宇已滾到十多呎外。

女子怒叱一聲，如影附形，向凌渡宇追去。

凌渡宇滾勢已盡，撞上一叢矮樹，停了下來，動也不動，似乎喪失了知覺，女子這時趕了上來。

凌渡宇驀地大喝一聲，兩肘一撐，雙腳斜飆而上，「霍」的一聲，撐正女子小腹處，這一下力道有若洪水破堤，輪到女子慘叫一聲，整個嬌軀向後拋跌。

凌渡宇彈了起來，正想乘勝追擊，一道強烈的暈眩，旋風般掠過他的知感神經，他知道自己全仗多年的苦行和意志強壓下神經受到的侵害，眼下仍未恢復正常，現在只希望剛才那下重擊，使對方失去攻擊的能力。

他的希望殘酷地幻滅了。

女子再次迫來。

難道她也是鐵打的體質，竟能抵受自己如此重重的一擊。

他再無選擇，探手進外衣裏，手指抓着槍柄。

女子的手掌離開他胸前只有三吋的距離。

能抵受兩次的熱能襲體，已是遠超任何正常人能抵受的極限，假設她再輸入第三道熱能，連他自己也沒有能承受的把握。

但看來這已是無可避免了。

女子的手掌插至。

淩渡宇手槍拔了出來。

「噼啪！」

女子指尖插在槍嘴裏。

整把槍爆出藍澄澄的星火。

淩渡宇握着再不是冰冷的槍柄，而是像在火爐裏高溫下燃燒了三天三夜紅透了的頑鐵，他的反應絕快，立時將手槍摔開，但手掌已燙得完全失去了知覺。

神秘女子體內蓄藏着無有極盡的能量，既能使夏能的電子偵察儀失靈，癱瘓別人的神經，也能使金屬變成高熱量的物質。

她究竟是甚麼？

淩渡宇沒有思索的時間，女子的掌尖又當胸插至。

這一下避無可避。

這女子既擁有磁石般吸引力的美麗外表，也擁有似殺人工具般可怕能耐。

「啊呀！」

女子插中淩渡宇左胸。

但叫的卻是她而不是淩渡宇。

淩渡宇雙手握拳，就在她掌尖碰上他左胸的剎那，同時轟在她雙耳上左右腦際。

當藍芒在淩渡宇左胸處爆作一團悅目火花的同時，她也頹然往地上倒去，就在她雙膝下彎時，淩渡宇轉到她身後，一伸猿臂，穿入她雙脅裏，將她從暈倒的勢子提了起來，跟着往後拖曳，縮入了一個草叢去。

剛避到草叢後，那幾名以色列士兵已一邊談笑一邊走過來，若非淩渡宇機警，一定難逃他們的目光，那就難免節外生枝了。

直到以色列士兵走出花園外，淩渡宇才發覺他的一對手不自覺地緊箍着對方高聳而充滿彈性的胸部，他絕不是乘人之危的好色之徒，待要改變摟抱的位置，女子動了一動，淩渡宇大吃一驚，手再伸前，緊抓着她那對能放射能量的手腕。

女子在醒未醒之間。

淩渡宇暗叫僥倖，剛才她向他胸前插來時，人急智生下他將左胸迎向對方，讓她插中外衣左內袋裏高布的那部記事冊，果然隔斷了熱能，就是那下緩衝，使他反敗為勝。

凌渡宇正要將右手抽回，拔出腰帶將對方細縛，女子用力一掙，藍得像清湛晴空的美目張了開來。

凌渡宇低喝道：「不要動！」

女子急速地呼吸了幾下，低喝道：「給我！」

凌渡宇奇道：「給你甚麼？」

女子道：「那書……書……高布寫……的書，我看到。」

剛才短短的「給我」兩個字，她說得字正腔圓，但一說到較長的句子，她立時變得結結巴巴，像初學英語的人在運用英語。

凌渡宇心中一震，除非是她的指尖碰到隔了一層衣物的記事冊時，「看」到了內中的東西，否則她是不應如此說的。

他沉聲道：「你在哪裏看到？」

她急促地道：「在……在你衣服內。」

凌渡宇腦際轟然一震，他的估計沒有錯，這美女的手不但能放出可剋制別人神經的能量，還有隔物閱讀的能力。

他道：「我為何要給你。」

女子嘆息一聲，整個人向後挨來，坐進他的懷裏，豐滿和彈性的粉背隆臀，緊貼着凌渡宇。軟玉溫香，但凌渡宇卻未敢消受，偏又不能放開緊摟對方的雙手，一時變似極親熱的「二人世界」。

女子頭往後仰，烏黑的秀髮輕拂他俯下的臉龐，櫻唇湊往他耳旁出奇地溫柔道，「假設……我……假設我發出『時空流能』，無……無論你如何……強壯，必然當場……死亡，死亡！」

凌渡宇大感頭痛，就像抱着了個計時炸彈，一不小心便是粉身碎骨的厄運。他冷靜地分析，她可能只是虛言恫嚇，因為假設她身體任何一部份也可發射那甚麼「時空流能」，他早已躺在地上昏死或真死，但當然，她也可能是憐惜他或因其他原因，才手下留情。

外人看去，兩人像有說不盡的郎情妾意，但其實正在鬥角勾心，危機懸於一髮之上。

凌渡宇壓下內心的恐懼，淡淡道：「我和你非親非故，剛才你還兇狠地攻擊我，現在為何又要與我商量，而不乾脆發出那甚麼流能，將我擊倒，那時你不是可以為所欲為嗎？」他故意將話説長，藉機籌謀反擊之道。

女子在他懷裏擠了一下，幽幽道：「你……你不是我的……敵人，若我用身體……發……發放流能，連……我也不能控制……你……你只有死……求你相信。」她的英語每説一次，便流利了少許，使人感到她是初次將這語文運用在實際的應對上，而且進步神速。

嗅着她秀髮傳來的淡淡幽香，凌渡宇心中充滿的卻是驚濤駭浪，目下他只有速下決定：冒險推開她，或依從她所言。

一時間兩人都默不作聲。

靜默中劍拔弩張，親密的擁抱裏藏着的是生與死的抉擇。

凌渡宇心中一動，抬頭往花園的入口處望去。

三名頭戴小圓帽，留着蓋至胸前長鬍，身穿黑袍的猶太教士正步入通往猶太廟的碎石路上。這本是個非常平常的景象，但他懷中的女子驀地全身一震，柔軟的玉體剎那間轉為僵硬。

那三名猶太教士也像感應到甚麼似的，向他們隱蔽的草叢望過來，六隻眼，就像六道電光，使人知道絕不好惹。

女子在他懷裏猛彈而起，一掙離開了凌渡宇，當然凌渡宇亦巴不得這計時炸彈離開懷抱。

那三名教士手探入袍裏，抽出來的是三支大口徑裝上滅音器的手槍，同一時間凌渡宇眼角捕捉到美女迅速往另一端逃去的背影。

凌渡宇反應何等快捷，倒地一滾，退往一棵大樹之後，子彈呼嘯，擊中他剛才藏身的草叢，一時間枝葉碎飛。

此時不走，更待何時。

凌渡宇飛身躍過另一道草叢，再滾落草地上，來到另一棵樹後。

子彈雨點般追來。

凌渡宇一閃再閃，疾標至猶太廟的後側，立時全速往廟後奔去，在長滿攀爬植物的高牆處，發現了一道敞開了的小鐵門，那女子破開了鎖，先他一步離開了。

他衝出後門，切過公路，往對正後門一道斜坡奔下去，轉左走了百來碼後，才轉入店舖林立、人來人往的大道。

才鬆了一口氣。

「咿嘎！」

一輛平治大房車在他面前停下，車內坐了幾名大漢。

凌渡宇的神經立時繃緊。

獨坐車後的大漢探頭出來叫道：「凌先生別來可好。」

凌渡宇緊拉的神經再次放鬆，嘆道：「見到你真好，尊柏申爵士。」

一拉車門，老實不客氣坐了進去，道：「快走！」

平治車風馳電掣往前開出。

車裏坐的正是那兩名保鑣，一前一後。

凌渡宇敲敲車身，道：「希望這是防彈的。」

第五章

曙光再現

在耶路撒冷舊城一幢普通現代建築物底層一所小型博物館裏，每個角落都有一根「羅馬柱」，粗可合抱，像天神般鎮壓着四方。空洞的博物館內，只有四個展覽櫃，展品由古羅馬人的折斷箭簇，以至四十年代遺留下來殘舊的卡賓槍，無言地展現着無休止的戰爭遺痕。

尊柏申和淩渡宇站在場館的中心，兩名保鑣守在門外，今天是這迷你博物館的休息日，沒有其他遊客。

淩渡宇知道尊柏申帶他到這裏來，一定有非常重要的事和他說。

尊柏申微喟道：「對猶太人來說，耶路撒冷是猶太先知亞伯拉罕準備殺子祭獻上帝的地方，連上帝也是在這城內的薩赫拉石地上『捏土為人』，創造了世界，每一個來到耶路撒冷的猶太人，都會到『哭牆』下，撫今追昔，為他們的辛酸血淚史而悲泣。」

淩渡宇聽出他語調中的蒼涼。尊柏申這類對文化歷史有深刻認識的人，比任何人也更易觸景生情。這亦是一種美麗的情緒，使人能超越狹窄的時空囚籠，沐浴在時間歷史無有始終的長河裏。

淩渡宇嘆了一口氣道：「基督徒也是在這裏找尋他們主耶穌的十字架聖蹟，回教徒則在穆罕默德得到可蘭經的第三圓房做禮拜。上帝或者是無處不在，但他最可能出現的地方，卻是耶路撒冷。」

尊柏申深深望淩渡宇一眼，頗有給淩渡宇說中心事的神態，微笑地指着博物館的地面道：「在中世紀時，這地面是一個十字路口，以幾何學的形式代表着將地面分成四個象限，標誌着宇宙的中心，現在十字路已給水泥覆蓋了，只剩下這四根柱。」

淩渡宇恍然，自己原來正站在宇宙的核心處。

尊柏申道：「十年前我來到這裏，這宇宙的核心處放的是幾台彈球機，我一怒之下將它買了下來，改成這所小小的博物館。」

淩渡宇也陪着苦笑起來，尊柏申又怎能容人隨意藐視神聖的古蹟。

淩渡宇道：「剛認識你時，你並不友善，為何態度轉得這麼快？」

尊柏申淡淡道：「和你在發掘場分手後，我何曾有一分半秒閒下來？其中一項工作，就是調查你的來歷背景，才知悉你顯赫的歷史。單是你過去幹過的事，已足使凌渡宇成為一個活着的傳奇。」

凌渡宇淡淡一笑，話鋒一轉道：「不要告訴我，剛才你只是湊巧碰上了我。」

尊柏申道：「當然，原本我是來赴夏能的約，另一個客人便是你。」

凌渡宇愕然道：「夏能並沒有告訴我你會來。」

尊柏申道：「是我請求他這樣做的，如果你知道埃及和以色列的和約，我也曾起着穿針引線的作用時，便不會奇怪夏能對我的合作態度。」

凌渡宇道：「想不到你倒是和平的愛好者。」

尊柏申呆了一呆，莞爾笑道：「對不起，我僅知道和平乃保存文物的唯一方法。」

凌渡宇哂道：「我對文物雖然沒有成見，但總覺得苦苦保留文物只像希望用沙築成的堡壘永不崩倒，在宇宙裏整個人類文明只像一下無足輕重的閃耀，任何事物終有一天會被埋葬在時間的急流裏，那是不能逆轉的命運，我的重點卻放在生命的本身上，放在人上。」這幾句是暗諷尊柏申重物輕人的態度。

尊柏申哪會聽不到弦外之音，卻毫不動氣，淡然道：「你不想知道我為何找你嗎？」

凌渡宇對他雖說不上有好感，但惡感卻在進一步接觸後大幅削減，答道：「假若沒有興趣的話，我也不會來到這最有可能聽到上帝說話的宇宙核心。」

尊柏申對這旗鼓相當的談話對手首次露出友善的笑意，道：「和你分手後，我做了兩件事，首先在巴黎警方的協助下，我們對高布的遇害作了最徹底的調查，答案是整個刺殺完全沒有可供找尋的線索，除了兇手留在路上的血液樣本。」

凌渡宇的心臟猛烈地跳動了幾下，血是人類最普通的一樣東西，儘管血型可根據紅細胞的抗原特性，分成不同類別，最流行的是A型、B型、O型、AB型和從動物身上發現的MN型、P型、RH型及其他類型，但若只是得到某人的血樣本，而無其他如指紋等資料，實難有多大意義。尊柏申的說話大有文章。

尊柏申看穿了他心中所想，沉聲道：「你猜得對，兇手留下的血液的確大有問題。」頓了一頓，續道：「那是無論在紅細胞或血清裏，都完全沒有任何抗體。」

凌渡宇叫起來道：「這怎麼可能，任何血型都有抗體，否則便不能分類，儘管O型在紅細胞裏沒有抗原，但在其血清裏卻有抗體，沒有抗體在血內的人，只能是個死人。」他心中不期然地想起那雙沒有生命線的手掌。

尊柏申露出凝重的神色道：「你有沒有聽過十三年前發生在以色列一宗名為『奇連懸案』的兇殺？」

凌渡宇道：「願聞其詳。」

尊柏申眼中閃過驚怵的神色道：「奇連是以色列著名的考古學家，專注於中東區的文物考古，被人發現刺了九十一刀，倒斃在後花園裏，他養的七頭狼狗也給殘酷地刺死，這理應成為轟動的事件，卻給以色列強壓下去，你知是甚麼原因？」

凌渡宇冷冷道：「因為以色列發現了同一類沒有抗原的血液樣本。」這是最合理的推測。

尊柏申道「在其中兩隻狼狗的爪上，分別發現了染血的布碎，都是這種沒法分類的血型，一種不可能屬於任何人或動物的血型。而他家中同時發生了一場大火，將他多年研究的心得完全毀去。」

凌渡宇全身一震道：「不要告訴我他也在研究阿特蘭提斯。」

尊柏申長長嘆了一口氣道：「他是我們國際考古學會其中一個成員白非教授的朋友，在慘劇發生前，奇連寫了一封信給白非，信中提及他對阿特蘭提斯有了新的認識，要求在我們的年報上發表論文。」

凌渡宇眉心打結，沉吟不語，奇連和高布這相差十三年的兩件事，岔子都是出在阿特蘭提斯上，是甚麼人不惜任何手段阻止有關阿特蘭提斯的真相大白於世？沒有抗原的血液，沒有生命線的手掌，那代表了甚麼驚天動地的大秘密？是否同一個原因，使高布在他的著述裏隻字不提這失落了的文明？

尊柏申長長吁出一口氣，續道：「我還特地請來了一批專家，在曾經參加過這次考古發掘而中途退出了的團員指示下，對毀壞了的發掘場地底作了一個全面的勘探，他們動用了紅外線探測儀、地震探測儀……」說到這裏，他停了下來，眼中閃動着難言的震駭。

是甚麼東西對尊柏申造成困擾？

尊柏申急速地喘了兩口氣，待情緒平復了點才道：「探測的結果沒有人明白，地底大約二百五十呎的深處，有一股強大的能量體，影響着所有探測的儀器，這現象現在還沒有人能給出一個滿意的解釋。」

凌渡宇也深吸了一口氣，令尊柏申恐懼的是「未知」的某一事物，人害怕死亡，因為死亡本身亦超出了人能理解的範疇。

凌渡宇道：「國際考古學會準備怎麼做？」

尊柏申道：「本來甚麼也不想做，直至有人將這張相片交到我們手裏。」他從外衣內袋掏出一個長方形的公文袋，遞給凌渡宇。

當凌渡宇打開公文袋時，尊柏申進一步解釋道：「這是其中一個遇難成員，在遇難前託運載食水和糧食的直升機師，往沙漠附近城鎮投寄的一張相片，收件人是他的女友，這成了唯一有關高布重大發現的珍貴資料。你手上這張只是複製品。」

相片的質素並不好，但卻清楚看到一道石碑似的東西，雕滿奇怪的圖形和近似楔形文字的東西，門兩旁發掘人員的臉孔都洋溢着興奮的神采，其中一個就是高布，那時誰想到苦待兩年的發現，只為他們帶來殺身之禍。

尊柏申道：「我利用先進的儀器，將這姑且被稱為『門』的東西每一個細節放大，最有意思的是門中央數排並列的楔形文字，和高布玄武石板的文字，均屬最早期的楔形銘文。」

凌渡宇目閃異光，沉聲問道：「銘文說的是甚麼？」

尊柏申眼中再射出奇異的神采，喃喃唸道：「當永恆消失在永恆裏時，太陽從西方升起來，永恆之殿仍因永恆的神物永恆地存在，沉沒的島嶼將重現人間。」

凌渡宇全身一震道：「這幾句完全不合理的話，和那七塊玄武石板上的銘文如出一轍，重複提到『永恆的神物』，那究竟是甚麼東西？」

尊柏申長長地再吁出一口氣，沉聲道：「告訴我，高布憑甚麼由這個發現宣佈找到了阿特蘭提斯？最早的楔形文字出現在公元前四千年間，而阿特蘭提斯據柏拉圖說則是在公元前九千年！」

凌渡宇當然答不了他的問題，無數意念從腦海浮起，但都是支離破碎，難以串連，沉吟了好一會，才道：「你打算怎樣？」

尊柏申道：「我決定召開國際考古學會的特別會議，研究是否應進行第二輪的發掘，我來找你，便是邀你參加。」

凌渡宇恍然道：「我明白了，你要我站在高布的立場，來說服委員會其他成員，以進行發掘工作。」

尊柏申搖頭笑道：「你很聰明，不過還差了一點點，你不但要說服其他成員，提出發掘下去的理由，還要說服我，說服我地底下的東西未被徹底破壞，說服我在下面可以找到阿特蘭提斯，因為如無其他有力原因，我是會投反對票的，但總該給死去的人一個機會，是嗎？」

凌渡宇沉聲道：「會議甚麼時候舉行？」

尊柏申道：「五天後，即是十月十八日早上九時正，就在發掘場旁的營地舉行。」

凌渡宇笑道：「只要我尚有一口氣在，便會來參加會議，好了，告訴我最近的咖啡館在甚麼地方。」

尊柏申道：「博物館正門左方百多碼外，有間露天的餐館，那處的咖啡在舊城是數一數二的。」

凌渡宇從容走往正門，邊行邊道：「請代我通知夏能，我在那裏等待他喝剛才仍未喝完的咖啡。」

對街處，一位穿着艷麗衣服的女子，頭上頂着水罐子，以優雅動人的姿態，盈盈步過，走進一間猶太人開的鞋店裏，鞋店的招牌上還有一行小字，寫着「專修樂器」，使人感到有點啼笑皆非。

凌渡宇坐在店門外的枱子前，悠閒地呷着香濃的咖啡，眼光轉到已去遠的一隊日本旅行團，四十多人亂哄哄地拍照，只不知是否除了通過攝影機的鏡頭外，他們再無其他觀光的方式。

這是個熱鬧的日子，凌渡宇坐的是最後一張空枱子。

驀地身後有人欺身上來，凌渡宇剛要回頭，香風迫來，纖長柔軟的玉手從頸後伸過來，緊緊地摟着他，高聳的胸脯貼在他背上，無可抗拒地帶來一陣火辣辣的刺激。

櫻唇湊到他耳邊，溫柔地道：「拿來！」

烏黑的秀髮，在微風的吹拂下，掃上他的臉上，使他臉上痕癢癢的，是難受的舒服。

凌渡宇一手按在她的手背上，正要將這能發出奇異能量的手拉開，以免心臟的部位受到威脅，她已先一步警告道：「你一動，我便發……發出時空流能。」

正是那在高布家中出現的神秘女子，今次她的英語雖仍生硬，但已流利了很多。

猝不及防下，凌渡宇落入她的掌握裏，她怎能如此精確地把握他的行蹤？要跟蹤凌渡宇這種具有心靈修養的人，就像進入一間屋內時要不被屋內的獵犬發覺那樣困難。

凌渡宇很少這麼窩囊的，無奈苦笑道：「我的外衣又沒有上鎖，你的手又不是殘廢的，不會自己動手嗎？」

她性感低沉的聲音在他耳邊柔聲道：「我不想傷害你，我就算拿到東西，只要一放開手，你必然會反抗，那我就會被迫傷害你了。」

這時四、五名猶太青年走過枱旁，眼光都射在她的臉上身上，對凌渡宇的「艷福」羨慕不已，口哨此起彼落。

凌渡宇有苦自己知，哂道：「你的心腸真好，告訴我你想我這塊在燒烤叉上的肥肉怎麼做？」他已領教過她發出奇異能量的滋味，若讓她全力刺激心臟，負責幫他驗屍的醫生一定會發現他的心變成了一塊心形的炭。

笑了！

她充滿磁性的笑聲毫無隔閡地送進他耳孔裏，加上呼出來如蘭的香氣，使淩渡宇在感到死亡的威脅之餘，同時也享受着只有她這樣的美女才能帶來的美麗觸感。

她將他再摟緊了一點，道：「你真是個很有趣的對手，只要你答應我拿走東西後，乖乖地坐着不動，我便不傷害你。」

淩渡宇眉頭大皺道：「但我不可能就這樣不動下去，總有個時間的限度，不如這樣吧，我數十下便可以行動，如何？」

她道：「一百下！」

淩渡宇討價還價道：「五十下！」

她很快道：「一言為定。」

淩渡宇還來不及答應，胸前一輕，她的妙手已將高布那本記事冊從他外衣內袋裏抽出來，同時向後退去，縮入餐廳之內，動作行雲流水，沒有絲毫停滯。

淩渡宇亦以他的最高速度，由一開始數起，誰叫他要做不是輕諾寡信的人，尤其這是個「公平」的交易。

當他數至四十二時，夏能的車在街角轉了出來，當夏能在車內向他揚手時，剛好淩渡宇彈離座位，旋風般衝入餐廳，往後門撲去。

上天下地，他誓要把她活捉生擒。

他只能再一次對夏能爽約了。

第六章
亡命中東

繁忙的街道擠滿了行人，其中一半是興高采烈的遊客和穿着軍服的以色列士兵，但淩渡宇的感覺卻像孤身一人在沙漠裏走着。

追失了那女子。

他的失落並非來自追失了人的挫敗感，而是那個女子已取得她想要的，可能就此失去蹤影，那本記事冊還是其次，因為複製本已在夏能那裏，但想到或者以後再見不着她，心中竟然禁不住湧起強烈的失落感。

這個自我分析，連他也大吃一驚，在他的經歷裏，經常遇到各類型的美女，但這神秘女子的風格絕對是獨一無二的。

表面看去，淩渡宇是個入世的禪者，一個超脱於物慾名利的理想追求者，但旁人卻很易忽略了他對生命和作為「人」的經驗的熱愛，正是這種熱愛，使他追求更高的精神層次和理想，也是這種傾向，使他加入了「抗暴聯盟」，矢志建立世界大同的烏托邦。烏托邦在希臘文原意為「哪兒也沒有的地方」。他的夢想，便是要促使這個「哪兒也沒有的地方」，成為覆蓋全球的樂土。換個角度來說，他也是個對「美」的追求者，再見那神秘女子並不是要征服她佔有她和享受她，而是一種對「美」的追求和渴想。

「先生！」

凌渡宇從沉思中猛醒過來，發覺自己不自覺地避過了人潮，步進一條僻靜骯髒的橫街，一個年紀在五十間，瘦削而長着一張馬臉，似乎有點外國血統的阿拉伯人，站在他面前，攔着他的去路。

「先生！才十六歲的巴勒斯坦之花，說英語，有大麻煙供應，可以滿足你任何需求，保證滿意。」跟着醜惡地眨眨左眼，淫笑道：「她是大乳房的。」還在胸前比了比，作了個令人作嘔的把捏手勢。

原來是個扯皮條的。

一群小孩從橫巷另一端跑過來，帶頭一個騎着單車，其他小孩鬧哄哄地追在後面，凌渡宇退往一旁，讓這隊大軍湧過，小孩們純潔的臉龐，尤顯得將十六歲女孩推出來賣淫使人切齒痛恨。

扯皮條的男人繼續賣弄地道：「假若你喜歡女學生，也可以弄個來給你。」

凌渡宇心中掠過不妥當的感覺，這扯皮條的男人聲音愈說愈大，而在一般情形下，這類交易都應在鬼鬼祟祟的形式下進行的。

他心念電轉，霍地轉身。

赫然入目是烏黑的槍嘴，一名穿着西裝的大漢正從後欺過來，手槍揚起。

凌渡宇雙手舉起，大漢眼光自然地望向他高舉的雙手。

就在那大漢以為控制了大局時，凌渡宇雙肩絲毫不見聳動下，右腳筆直向大漢握槍的手閃電踢去。

轉身，舉手，踢腳，三個動作沒有半分間隙，在彈指間完成。

「呀！」

手槍應腳脫手而去。

凌渡宇同時一矮身，踢高的腳在仍離地的情況下，藉左腳為軸心，腰勁猛運，旋風般一百八十度揮動，將後面那馬臉男子剛掏出來的手槍掃跌。同時右拳重重擊在馬臉男子的小腹下，痛得對方蝦公般彎下身去，臉容扭曲得像變了形狀，再不成其馬臉。

凌渡宇沒有停下來，弓身急退，撞入後面大漢的懷裏。

那大漢手腕的劇痛還未消除，整個人已給提離地上，越過凌渡宇頭頂，向前飛摔出去。

橫巷兩端同時響起急劇的腳步聲。

一邊是四名穿西服的大漢，另一端正是剛才在猶太廟遇到的幾名偽裝猶太教士。

他放棄了撿起地上手槍的念頭，雙腳一彈，兩手攀着身旁一堵矮牆的頂部，手用力一拉，靈巧地跨過矮牆，躍了進去。

牆後是一所住屋的後園，掛滿了晾曬的衣物，幸好沒有人。

牆後響起急劇的腳步聲，但卻不聞任何叫嚣，顯示出對方是訓練有素的好手。

凌渡宇腳一觸地，立時前撲，一直竄到另一方的牆下，依樣葫蘆，往外躍去。

牆後是另一毗鄰房舍的後園，幾位猶太婦女團坐一起，織造地毯。她們幾乎是同時尖叫起來，像防空的警報。

凌渡宇有風度地舉手敬禮，以示抱歉，腳下卻不閒着，這次他不取越牆而去之道，不客氣地逕從後門穿房入舍。

一個猶太人正獨據一桌，享受着他的午餐，桌上放了一盤麵包，還有豌豆和辣椒，調味汁發出的香料味兒，瀰漫屋裏，見到這強闖者，大驚之下連口中嚼碎了一半的麵包也噴出來，在他未來得及喝罵時，凌渡宇推開前門，旋風般搶了出去。

門外是另一條橫巷。

一陣小孩的歡笑聲傳進耳內。

那群小孩追着騎單車的小孩，從右方由遠而近。

凌渡宇心中一動，迎了上去，雙手伸出，硬將自行車按停。那騎單車的小孩向他俯跌過來，他乘勢一把將小孩抱起，放在地上，另一隻手掏出一疊足有數百元的美鈔，塞在小孩手裏，叫道：「這足夠買下你的單車了。」

那小孩眼睛立時發亮，以與他年紀絕不相稱的純熟手法，將錢塞進褲袋裏。

凌渡宇騎上單車，因為座位太低，半蹲半立地猛踏單車，箭矢般衝前，來到兩巷交叉處，另一端數名大漢追至，凌渡宇見勢色不對，一腳踏地，整架單車提起一百八十度旋轉，猛力一踩，往回衝去，那群小孩可能怕他反悔，早逃得無影無蹤。

這次暢通無阻，凌渡宇冷靜地計算着位置和角度，在大街小巷穿來插去，直至估量已遠離剛才受襲的地方，才在一個街角棄下單車，步進人來人往的大街。

凌渡宇心想目下當務之急，是和夏能聯絡，借助他的力量抓起這些人，同時，也可以取些防身武器，重新擁有自衛的能力。

街旁一個電話亭映入眼簾。

凌渡宇大喜過望，來到電話亭前，一個男子背着他在打電話。

凌渡宇眼觀四面，耳聽八方，全神留意着街上駛過的每一輛車，每一個人，這批人處心積慮來暗算他，一定不會就此罷休。而且他們行動時迅捷而有組織，顯示出可怕的實力，只要一個不小心，落入他們手裏，將難有反敗為勝的機會。

男子在電話亭裏說個不休，一點沒有停下的意思。

凌渡宇不耐煩起來，輕敲着電話亭的玻璃門，示意有急事需用電話。

男子終於放下電話，推門而出。

凌渡宇側身閃進，正要拿起電話，心中忽地閃過危險的感覺。

但一切已太遲了。

一件硬梆梆的東西斜斜向上緊緊頂在他的脊椎處，凌渡宇心中一寒，這個角度恰好可以將他大半條脊椎轟碎，假設讓這發生，今生休想再移動半個指頭，只是這點，已可推知對方是經驗老到的職業槍手，使他識相地不敢妄動。

剛才裝作打電話的男子以冷硬的聲音道：「不要動！凌渡宇先生。」

這時四面八方都有大漢迫來，手插袋裏，暗示着武裝的力量。

在快要贏得這一局時，一下子全輸出去。

凌渡宇雖是心中憤恨，也不由不佩服對方所佈陷阱的巧妙。

背後的男子嚴厲地命令道：「慢慢退出來！」

槍嘴頂着他往街上走去，前後四方均有虎視眈眈的大漢，但最要命還是背後的槍。

在拐角處，一輛大房車停在那裏，後廂的門打了開來，凌渡宇走到車門前，正想說話，後面一股大力撞來，使他猝不及防仆進後廂裏。

「轟！」

後腦着了重重一下，天旋地轉下，凌渡宇暈了過去。

意識倒流回凌渡宇的神經裏，腦後的痛楚同時回復，但大腦已能重新開始正常的活動。他慣例地不睜開眼睛，保持着原先昏迷的外象。

幾個微弱的呼吸聲在他身旁響起，他寧神默察，斷定附近最少有八個人，他們的呼吸均勻穩定，顯示出冷靜和自制。同時間機器開動的聲音在耳膜裏激盪，身體也受着車輛開行時的顛簸震動。

他估計自己應是在一輛貨櫃車的貨櫃內，只不知目的地是哪裏？

他並不是躺着，而是坐在一張冰冷的鐵椅裏，手足都給緊緊地用近乎塑膠手銬一類的東西和椅子縛在一起，一點鬆動的餘地也沒有。

他唯一可做的事是繼續裝作昏迷。

身旁這些人非常沉默，除了呼吸外，再沒有其他聲息，連移動的動作也沒有。沉靜得異乎尋常，不合情理。

驀地左邊響起聲音，接着凌渡宇左臂蚊針般刺痛，一管針刺進他肌肉裏，藥物一枝箭般激射進體內。

一股麻痹感由注射的地方隨着神經往身體其他部份蔓延，時間剎那間陷於近乎停頓的狀態，他雖仍在呼吸，但一呼一吸像世紀般的漫長。

所有聲音，包括自己呼吸的響聲，退往遠不可觸的遙處。

凌渡宇心中恍然，對方注射進自己身體的藥物，是一種能將神經的敏銳性減低的鎮定劑，看來對方會是用催眠術一類的方法來對付自己，因為鎮定劑可以減弱一個人對現實的「執着」，有助於催眠的進行。

他不驚反喜，出世後在西藏的十五年，他接受了最嚴格無上苦行瑜伽的磨煉，其中一項是對抗各式各樣的毒藥，包括二百三十七種蛇毒，故此生出了對大部份藥物和毒物的抗體。

凌渡宇集中精神，就像要在意識大海的至深處，往水面升上去，這類藥物，通常最劇烈是剛侵進神經內的刹那。

一道柔和的燈光射在他臉上。

「叮！叮！叮！」

金屬碰撞的清響，一下一下地在他耳旁響起，如夢似幻。

凌渡宇的正常意識逐漸回復，他成功地以精神意志，將藥物的作用壓下去，表面上則模擬着藥物的反應，緩緩張開雙目，露出昏沉的神色。

光線驀地轉強，換了一般人的正常反應，一定在不堪刺激下閉上雙目，但凌渡宇這瑜伽高手裏的高手，對全身的隨意肌和不隨意肌，都能控制自如，在有必要時，甚至能使心臟暫停跳動，造成假死的現象。

這時他依然茫然睜眼，無視刺目的強光。

光線轉柔。

一對眼睛在他臉前出現，閃動着攝人魂魄般的神采，攫抓着他的眼光不放。

那是個四十來歲的男子，從他眼神的深邃難測，可將他列入頂尖兒的催眠師之中。

凌渡宇心內冷哼一聲，這是魯班面前弄大斧，他本身便是大師級的催眠家，幸好除了有限幾個人外，都不知他有這種專長，所以這群將他擄來的神秘人物，亦懵然不知他這超凡的本領，這成為了他或可反敗為勝的本錢。假設對方只有一人，他還可以將敵人反催眠，可惜實情不是如此。

那催眠師舉起一個金屬圓球，在他眼前三吋許的地方搖晃，圓球銀光閃閃的表面，反射着燈光的光線，像圓月般的明亮。

凌渡宇的眼睛隨着圓球的位置左右移動，這是被催眠的初步情況。

「你叫甚麼名字？」

凌渡宇發出深沉的嘆息，身體一陣扭動，似乎要掙扎醒來，但眼珠仍隨着鐘擺般搖動的金屬圓球，左右移動，並緩慢和不情願地報出自己的名字。

圓球被拿起移走。

淩渡宇又接觸到催眠師異光大放的眼睛，他真想大笑一場，但當然不能這樣做。

「淩渡宇，你非常疲倦了，眼皮重如鉛墜，睡一覺吧！閉上你的眼睛，閉上你的眼睛。」

淩渡宇聽話非常，闔上眼睛，不一會鼻裏發出「呼嚕呼嚕」的鼾聲。

「叮！」

再一下金屬碰撞的清音。

催眠師充滿威嚴的聲音響起道：「你雖然睡着了，但還很清楚聽到我的說話，你點頭來表示是這樣。」

淩渡宇點了一下頭，以示就是如此。心中卻大是凜然，這催眠師的道行不可小覷，將自己帶進半睡眠的狀態下，再套取深藏內心的秘密，是非常高明的手法。也是一般催眠師難以做到的。

「你認識高布多少年了？」

凌渡宇夢囈般道：「七年。」

問題一個接一個向他轟炸，凌渡宇一一回答，因為並沒有隱藏的必要，終於那催眠師問到最關鍵的問題。

「你到台拉維夫幹甚麼？」

凌渡宇一直等待這個問題，毫不停滯地將原因說出來，但卻隱去遇到神秘女子的部份。

「那記事冊在哪裏？」催眠師的語調中首次露出隱隱的緊張。

凌渡宇道：「我藏在高布寓所外的森林裏。」

「說出正確的地點。」

凌渡宇道：「屋後紅白的樹，左邊有草，後面是石。」

「說得詳細一點。」

凌渡宇道：「屋後紅白的樹，左邊有草，後面是石。」

跟着是一陣奇怪的低語聲，似乎是他們中幾個人在交談，短促快捷，但凌渡宇卻一點也聽不懂，以他對語言學的認識，見多識廣，也從未聽過他們現在運用的語言，而且對方發音的方法，難度非常之高，聽過一次後，絕對不會忘記。

其中有幾組聲符，是「阿里卡古拉達」和「愛莎瑪特利亞」，在交談裏不斷重複，凌渡宇苦苦記着，留待有機會時請教專家。

交談停了下來。

催眠師又再問有關記事冊的藏處，嘗試用不同的方法套取正確的地點，可是凌渡宇只是重複那幾句連他自己也不明白的話。

目下記事冊的收藏地點成為了他唯一保命的本錢，以這批人的辣手無情，假若他說出記事冊已給人取去，又或製造出一個子虛烏有，卻關防嚴密的藏點，他們還怎肯讓他活命。惟有以這個方法，讓他們以為只有他才能當場找出記事冊，於是一天未找到記事冊，他便仍是安全的。

那些人又用奇怪的語言交談起來。

「咿唉……」

貨櫃車停了下來。

催眠師的聲音再響起道：「當你醒來時，這一切都將會被忘記，再不留下任何痕跡，睡罷，好好睡覺吧！你太疲倦了……疲倦……睡覺……」

凌渡宇心中嘆了一口氣，乖乖地發出鼾聲，在真實的情形裏，他睡眠時呼吸柔慢長細，絕不會發出任何聲音。

「咔嚓！」有人在外打開了後門。

冷風吹進車廂裏，凌渡宇心中駭然，這是沙漠地區晚上的涼風，他被擄時是下午三時許，這即是說，貨櫃車走了最少五小時，以每小時五十哩計，他應離開了耶路撒冷二百多哩，那可以是埃及、約旦、又或是敍利亞。

假設是這樣，祈望夏能這支救兵從天而降的希望，只是一個泡影。

那些人再次交談起來，用的仍是那令凌渡宇難懂的語言，接着腳步聲響起，魚貫走出貨櫃之外，他細心一聽，果然是八個人。

貨櫃門「砰」一聲關了起來，接着是從外鎖上的聲音。

凌渡宇待了一會，確定身旁沒有人，才微微張開眼睛。

入目是空空如也的貨櫃，只是近櫃門處堆滿了一箱箱的貨物，牆壁般豎起來，可以想像當關卡人員檢查時，打開櫃門只能看到一櫃的貨，哪想到貨後另有空間。這時貨物的中間移開了一個可容人弓背穿越的空位，那些人就是由那裏走出貨櫃外。

身旁除了十多個座位，左手處還有一張長枱，放了一些東西。

凌渡宇小心細察，當他確定沒有隱藏的攝像鏡向着他時，才再將眼睛大開來。

「砰！」

前面傳來關門的震動，顯示司機也下了車，只不知外面是甚麼地方？他們會否將他帶回台拉維夫高布的別墅，讓他去找那不存在的記事冊？

他的手和腳果如所料是給堅韌的膠帶縛起來，與所坐着那又重又大的鐵椅纏在一起。

凌渡宇一點也不氣餒，他是天生在險惡的環境裏，最能發揮本身能力的人。

他的眼在左側離他三呎許的枱面上搜索，最後眼光停在一個不銹鋼製造，呎許見方的箱子上。

他不知道這些人甚麼時候轉回來，只能不浪費半點可以逃生的時間，藉着腳尖觸地的力量，他用力一扭身體，鐵椅向左前移動了少許，他再以同一方法向右往前移去，就是這樣，連人帶椅逐分逐分往枱子移去。咫尺天涯，足有十分鐘的時間，他的胸口才碰到枱子的邊緣，以他超人的體力，也感到大大吃不消。

凌渡宇向前俯去，口湊到箱子的開關處，狗兒般伸出舌頭，將扣着箱蓋的開關頂了開來，舌頭再向上挑，箱蓋打了開來。

箱內的東西令他歡呼起來。

除了針筒、藥棉、幾瓶藥物外，還有幾把大小不同，銀光閃閃的手術刀，這些或是供那些人逼供用刑的工具，現在成為了他的救星，正是水能覆舟，亦能載舟。

凌渡宇咬起最大的一把，再退離枱子，俯頭咬着手術刀，在膠帶上磨割起來，不一會帶子斷開，餘下的工作更容易了。凌渡宇再次回復自由，當他鬆動筋骨時，驀地發覺自由的寶貴，任人宰割的滋味太不好受了。

跟着的問題是如何出去。

他審視箱尾的貨物，原來是一箱箱的橙，再穿過貨物下那容人走過的空間，走到近門處，仔細研究，不一會已知道絕無可能從內部將門打開。

究竟有甚麼妙法？

這批身份不明，操着奇怪語言的人並非善男信女，他又沒有武器在手，當他們回來時，他便會陷身險境。

想到這裏，他的眼光落在堆滿的貨物上，心中一動，立即工作起來，忙碌地移動箱子。

時間一分一秒的過去。

大約二十分鐘光景，車外傳來微弱的聲音，接着是拉開門閂的聲響。

「咔嚓！咔嚓！」

中分而開的尾門猛地向外打開。

數百箱橙洪水決堤般向外從敞開的車門倒瀉出去。

驚叫聲和貨物瀉塌的聲音混在一起，情況混亂之極。

當淩渡宇踏着貨物撲出貨櫃外時，在月光的照耀下，七、八名大漢均被瀉出的貨物撞倒地上，其中一人甚至只露出一個屁股。他的計策獲得空前的成功。

一名大漢爬了起來，還未來得及拔出手槍，胸前中了凌渡宇重重一腳，最少斷了三條肋骨。

「砰！」子彈在耳邊飛過。

另數名大漢從遠方奔來，手中的槍都指向他。

凌渡宇一個倒翻，在貨物上滾動，來到倒在貨堆裏另一個人身旁，一手扭着那人擊來的拳頭，膝蓋已頂在對方面門上。

「啪！」

那人鼻骨折斷，鮮血噴濺。

在這等生死搏鬥的情況下，是沒有仁慈存在餘地的。

凌渡宇往他身上一掏，摸出手槍，猛地轉身，另一名剛從貨堆爬起來掣出手槍的大漢，眉心已開了個血洞，向後拋跌，重新被埋葬在貨堆裏。

凌渡宇滾離鋪滿地上的貨物，滾入一叢矮灌木林裏，才彈跳起來，往百多碼外一處黑沉沉疏林奔去。

後面人聲沸騰，也不知有多少敵人追來。

他穿過疏林，公路筆直往左右兩旁無限延伸，圓月燈籠般浮在公路一端的上空，像在指引着他這不知自己身在何處的迷途羔羊，假設老虎也有時可以變成羔羊的話。

沙漠區的寒風使人從心底裏抖顫出來。

凌渡宇怎敢停下，沿着公路往前奔去。

前面傳來摩托車的響聲。

假設聲音是從後方傳來，他一定會躲到路旁，但若是從前方傳來，那便應與身後那批人沒有關係。

凌渡宇奔到路中心，張開雙手。

在明月的背景下，一輛摩托車出現眼前，平射的車頭燈將凌渡宇照個纖毫畢現。它筆直駛到凌渡宇面前，眼看撞上凌渡宇，才奇蹟地剎停下來。

鐵騎士頭盔的頂部閃爍着月照的輝芒，但眼目卻躲在暗黑裏。

凌渡宇暗忖就算對方叫價一百萬，他也願意付出車資，但不是現在，因為他身上所有東西都給人掏空了。

那人叫道：「還不上車？」

充滿磁性的低沉女音是那般可愛地熟悉和親切。

車聲從後傳來。

凌渡宇迅速跳上車尾。

摩托車「隆隆」聲中，轉了一個小彎，掉頭而去，速度瘋狂地增加，以致摩托車像塊樹葉般飄顫搖擺。

凌渡宇雙手毫不客氣地摟着鐵騎士充滿彈性的蠻腰，對方立時不滿地扭動了一下，怪他摟得太緊。

凌渡宇逆着風大聲道：「怕甚麼，我們又不是第一次摟作一團。」

鐵騎士一言不發，猛踏油門，摩托車炮彈般在公路上前進，將追來的車子遠遠拋離。

在淩渡宇以為永遠見不着她的時候，神秘女子竟又突然出現，還將他從水深火熱裏拯救出來，也不知應該當她是朋友還是敵人？

淩渡宇叫道：「這是甚麼鬼地方？」

女子回應道：「利比亞！」

淩渡宇一聽，整個人呆了起來。早前他曾猜測自己身在之地，不出埃及、約旦和敍利亞幾個國家，假設自己身在其一，還是有點受不了，何況是在利比亞？

自己究竟昏迷了多少時間？利比亞和以色列之間隔了個埃及，他們怎能將他運到這裏來？於此亦可見他們的神通廣大。另一個問題是刻下在自己懷抱裏的女子，又怎能知道自己的所在，騎摩托車將他救出險境？所有這些都成為橫亙胸臆間、令人極不舒服的謎團。

問題還不止此，這時他身上空空如也，不要説錢，連張紙也沒有，更不用説護照和證明文件，何況他還是個非法入境者，連住酒店的資格也沒有。

利比亞對外國人喜怒無常，給逮住的滋味絕不好受，唯一令他安慰是雙手緊摟着的玉人。

凌渡宇嘆了一口氣，暫時拋開所有煩惱，開始欣賞和投入到公路的景色去。

左方是數哩寬的沙丘，每走至公路地勢較高的路段，便可以遠眺沙丘地帶外在月照下閃閃發亮的地中海；右邊是一望無際的沙漠，漆黑的夜空裏，月暈外的星星又大又亮，像《天方夜譚》裏描述的奇異世界。

公路上杳無人車，只有摩托車的機動聲，劃破了莊嚴的寧靜。照這方向，目下應是在利比亞北端，沿着非洲海岸，走在由突尼斯經利比亞往埃及幾千哩長的公路上。

那女子駕駛着時速保持在一百哩高速的摩托車，一言不發，凌渡宇很想看看油箱的指示針，看還剩下多少燃油，但這種速度和光線，都令他難以做到。

天開始亮了起來，眼前的瀝青雙行道平坦得無可挑剔，地中海吹來的微風，稍減太陽初升的炎威，也颳起了沙漠上的幼沙，形成了一片塵幕，使較遠的景物模糊不清，影影綽綽的駱駝，悠然自得在黃沙上漫步。

廣袤的沙漠景色，使人肅然神往。

太陽升離地平線後，他們碰上一隊運貨的車隊，在人們還來不及定睛細看下，摩托車已絕塵而去。

幸好神秘女子把面目隱藏在頭盔裏，在這女人只能露出眼睛和牙齒的國度，她會像異星生物般引人注目。

公路上的交通繁忙起來。

顯示離班加西三百哩的路牌豎在路旁，班加西是利比亞位於北岸錫爾特灣的重要海港，非常繁榮興盛。

摩托車忽地駛離公路，轉入了一條支路去，不一會在一個偏僻的小鎮前停了下來。

女子見淩渡宇仍緊緊摟着她的腰，叫道：「還不放手！」她的英語比先前進步得多。

淩渡宇淡淡道：「我怕一放手，你便棄我而去。」

女子失聲笑起來道：「這也不無道理，情人，我們一起下車吧。」

淩渡宇失聲道：「你喚我作甚麼？」

女子脫下頭盔，輕搖烏黑的秀髮，數百哩飛馳應有的倦意，絲毫也沒有泛在她晶瑩秀美的臉龐上。

淩渡宇看得呆了起來。

四周杳無人跡，本應非常安靜，可是風勢轉急，一陣一陣地颳過路面，在他們不遠處，有幾隻瘦骨嶙峋的駱駝，在稀稀落落的灌木叢吃着荒草。

淩渡宇對沙漠有非常深切的認識和經驗，這環境的天然乾枯蒼涼，反而帶來莫名的親切感。

女子從摩托車後的旅行箱裏拿出一包東西，向他擲過來，道：「這是你的！」

凌渡宇打開一看，驚異得瞪大了眼。

包裹內除了一套阿拉伯人的衣服，還有鈔票和沙漠旅行的必需品如遮陽鏡、口罩、水壺等等，她怎能預備得這麼齊全？

凌渡宇微笑道：「我以為裏面還有隻駱駝。」

女子挨着摩托車，懶洋洋地看着他，澄藍的大眼閃着奇異的神情。

凌渡宇張開手道：「好了！告訴我你是甚麼人，為何又來救我？」

女子道：「我不可以告訴你，但我需要你的幫忙。」

凌渡宇皺眉道：「你喚甚麼名字？」

女子聳聳肩，秀長的眉毛向上一揚道：「你喜歡的話，可喚我戰士。」

凌渡宇奇道：「戰士？哪有這樣的名字，不過倒適合你這頭雌老虎。」

女子呆道：「甚麼是雌老虎？」

凌渡宇也給她弄得糊塗起來，道：「你真的沒有名字？」

女子道：「我們是沒有名字的。」

凌渡宇目閃奇光，定定地凝視着她，一字一字地道：「你們？誰是你們？」

女子道：「我、高布和其他一些人，都是同一類的人，我所能告訴你就是那麼多。」

凌渡宇緊迫着道：「你為甚麼來找我？」

女子道：「我看過高布那本『書』，知道了整件事，在書中高布提到你，並指出你是幫助我們的最佳人選，所以我才來找你。」

凌渡宇有點失望，她並非因「他」而來找他，只是因為高布的介紹，他充其量是一件有用的工具，這想法令他很不好受。

他的聲音轉冷道：「你怎知我給人擄來了利比亞？」

這是非常重要的問題，因為她每次都能精確地把握他的行蹤，使他和她在記事冊的爭奪裏，不斷地處在下風。

她沉吟片晌，找尋着適當的語言，好一會才答道：「我在你的身體裏儲存了時空流能的烙印。只要你不離開太陽系，我便有方法找到你，所以當我看完高布的記錄後，立即掉轉頭去找你，發覺你給『逆流叛黨』的人押了上船，駛往的黎波里，我跟了上船，躲在救生艇裏一直跟你到這裏來。」

淩渡宇心下佩服，在利比亞這樣的國家，單身的美麗女子必定步步艱難，但她只是輕描淡寫地說出來，無愧戰士之名。不過他現在更有興趣的是另一個題目，問道：「甚麼是『逆流叛黨』？」

她誠摯地道：「不要問我，到時候我自然會告訴你。」

淩渡宇並不肯做糊塗蟲，不放過地追問：「可是總可以告訴我，高布的記錄說些甚麼吧？」

女子嘆了一口氣，無可奈何地道：「逆流的人隨時會追來，難道你要我在這車來人往的地方和你細說從頭嗎？遇上利比亞的警察便更麻煩了。」

凌渡宇一想也是，換過阿拉伯的袍服，轉身時女子已變成道地的帶着遮陽鏡的阿拉伯男子裝扮，若不揭開頭巾，便不知她是女兒身，使他不得不讚她佈置周詳。

兩人重新坐上摩托車，卻對調了位置，凌渡宇變成了司機。

女子正襟危坐，只抓着了座位尾部的橫鐵扶手。

凌渡宇道：「橫豎你沒有名字，不如讓我給你起一個。」

女子喜歡地道：「說給我聽。」

凌渡宇本來只是隨口說說，聞言才認真地思索起來，剛好天上飄過一朵美麗的雲彩，靈機一觸道：「不如便喚作飄雲，好嗎！」

女子喃喃唸了兩遍，忽地嘆息一聲，幽幽道：「好吧！由今天起，我便喚作飄雲，直至抵達生命旅程的終站。」

凌渡宇聽出她語調中無限的傷感，愕然道：「你不喜歡，我可以給你另起一個名字。」

飄雲道：「不！不！我喜歡這個名字。」

凌渡宇一踏油門，摩托車風馳電掣，向着城鎮駛去。

第七章
準時赴會

撇開政治的權慾不談，利比亞人是幸福豐足的，所有成年人每週都可以獲派石油股息，錢財的支持下，城市充滿着興旺的生氣。

凌渡宇和飄雲這兩個偽裝的利比亞人，騎着摩托車，穿過刻着可蘭經的凱旋門，進入店舖林立的街道裏，其中佔一半的房屋，都是新建成、建造中或是修繕中的，售賣從日本進口貨的電器舖，更是隨處可見。

他們在一個加油站為摩托車近乎乾涸的油箱入滿了油，凌渡宇的阿拉伯話雖不太流利，但利比亞並非常見外國遊客的地方，加上凌渡宇深黃的膚色看上去和地道的利比亞人沒有太大的分別，所以那友善的油站老闆毫不在意。

在加油期間，凌渡宇的眼光四處瀏覽，忽地全身一震，不能置信地看着油站辦公室裏鐘上的日曆星期顯示。

十月十六日星期五，還有兩天就是國際考古學會特別會議召開的日子，以決定是否進行第二輪發掘。

他沒有多少剩下的時間了。

這即是說他昏迷了超過四十八小時。

敵人故意將他帶到利比亞，即使他能僥倖逃走，也難以準時赴會，用心陰險之極，面對困難，反而激起凌渡宇的鬥志。

凌渡宇在附近購備了旅途必需的用品，回頭走往飄雲等待他的角落，街上頗為熱鬧，大多路人都穿着和凌渡宇相同的長袍，不過腳穿的卻不是凌渡宇的英國皮鞋，而是彎彎的拖鞋，活像一隻隻的龍舟。有派頭沒派頭的嘴上都掛着各式各樣精美的煙斗，濃煙一口口地噴上天，與他們的悠閒非常合拍。

婦女大都用布將自己裹得密不透風，只露出眼睛，凌渡宇克制着盯視她們的欲望。在回教社會裏，這是必須知道的禁忌。

很快他們的摩托車又在公路上風馳電掣，來到一個交叉路口，左右各有一條路，卻沒有任何指示路牌，令人產生歧路亡羊的感覺。

恰好一個本地人，騎着一匹駱駝，的的嗒嗒地走過來。

凌渡宇叫道：「願真主阿拉保佑你，請問往昭弗的路怎麼走？」

那利比亞人瞇着一雙眼打量凌渡宇，忽地臉色一變，道：「年輕人，可否讓我看你的臉？」

凌渡宇大感奇怪，將遮陽黑鏡脱了下來，仰臉讓這奇怪的利比亞人看個清楚。

利比亞人全身一陣顫抖，雙腳一夾駱駝，嘩啦嘩啦打橫衝出路面，在駝峰間拋得一高一低的往沙漠逃去，活像凌渡宇是恐怖的大瘟神，轉瞬變成一個小點。

凌渡宇和飄雲面面相覷，不明所以。拿出買回來的地圖，商量了一會，決定取右邊的公路。

太陽開始沒落在沙漠的地平下，圓月出來前天空的星又大又亮，覆蓋着公路兩旁空曠的荒涼，凌渡宇遠離公路，在沙漠裏揀了個地勢較高的地方，將剛買來的帳篷利用摩托車作支架，搭了起來。

飄雲坐在沙丘上，呆呆地望着壯麗感人的星空，凌渡宇在那邊扭開了剛買回來的短波收音機，不知在聽甚麼？

姍姍來遲的明月終於爬離了地平線，以她無可比擬的金黃色光，照亮着黑夜裏的沙漠。

凌渡宇關上了收音機，走到飄雲對面，坐了下來，眼光灼灼，盯着她女神般動人心弦的臉龐。這一日一夜，她美麗的俏臉不是藏在頭盔裏就是給太陽鏡和面罩蓋着，到此刻才重現人間。

飄雲清澈澄藍的美目，蒙上像濃霧般的憂鬱，使人感到她有很重很重的心事。

凌渡宇手上拿着罐頭和開罐器，準備簡單的晚餐，他雖然數天沒有進食，但對他這曾經嚴格苦行鍛煉的人，只是等閒之事。

飄雲吁了一口氣，道：「剛才在聽甚麼？」

凌渡宇一邊用開罐器開罐頭，一邊淡淡道：「在聽關於自己的報道。」

飄雲奇道：「甚麼？」

凌渡宇將打開了的罐頭三文魚遞給飄雲道：「這是你的。」

飄雲搖頭道：「不！我不用吃東西。」

這回輪到凌渡宇奇道：「甚麼？」

飄雲道：「我想了很久，決定將整件事告訴你，或者是這樣才可以得到你真正的助力，但在告訴你前，先說你從收音機聽到甚麼？」

凌渡宇搖頭苦笑道：「剛才收音機報告說，有名假扮阿拉伯人的男子，今晨在的黎波里行劫了一間銀行，殺了兩名警察和三名路人，幸而真主保佑，他遺下了護照，所以有他的相片和名字，那劫匪便是凌渡宇。」

飄雲呆了一呆，才咬牙道：「真卑鄙，逆流的人沒有一個是好東西。」她很少有這類激動的表情，首次令人感到她的血肉靈性。

凌渡宇道：「但無可否認這是條絕妙的嫁禍毒計，可以想像我的相片出現在每一部電視上，所以剛才的利比亞人才嚇得逃命去了，我們原本打算由公路往昭弗，再在昭弗買駱駝，由沙漠偷越往埃及去的計劃，看來是行不通了，因為公路上的檢查站我們過不了，何況還有四出搜捕我的警察和士兵，給他們逮着，休想有辯白的機會，那甚麼逆流的人，不費一兵一卒，便將我推進水深火熱的境地。」

飄雲道：「你怕嗎？」

淩渡宇失笑道：「這是甚麼話？比這兇險百倍的情況我也遇過，還未想到怕，何況目下安全得很，又有美女相伴。」

飄雲眼中掠過異彩，道：「高布的確沒有揀錯人，你現在已是我們唯一的希望。」

淩渡宇一把抓起她的手，握得緊緊地道：「不要和我打啞謎了，告訴我你是誰，為何你不用吃東西，又能發出那奇怪的能量？」她的手出奇地溫軟。

飄雲沉醉在沙漠溫柔的月色裏，吹來的寒風對她一點影響也沒有，就在淩渡宇以為她再不會作聲時，她抽回雙手，往後撥弄飄舞着的秀髮，伸了個懶腰，在淩渡宇看呆了眼時，以平靜得使人心冷的語氣道：「我是從遙遠的時空來到這時代的人類，高布也是。」

淩渡宇呆了一呆，好一會才深吸一口氣，搖頭道：「這是不可能的，是不可能的！」

飄雲主動拉起淩渡宇的雙手，上身俯前，俏臉湊到他面前道：「我知這太違背你的理性常識，但請看眼前的事實：我的存在和力量、高布的存在、高布用作紀錄的文字，正是屬於我們那時代的文字，還有甚麼比事實能作更有力的解釋呢？」

淩渡宇沉吟片晌，冷靜地道：「假設你真有從遙遠的世界回到此時此地的能力，為何不揀選在高布死前的時間到來？那不是可以改變了一切，高布也不用死了嗎？」

飄雲鬆開凌渡宇的手，站了起來。

從這個角度望向飄雲，明月剛好在她頭頂高處，揮發着朦朧的青光，沙漠的風吹得她秀髮飛揚，光采流動，就像一尊從亙古以來已存在的女神像，而這神像將不受任何時空限制，存在直至於永恆的盡極。

凌渡宇知道自己一生也休想忘掉這情景。

飄雲將美得令人目眩的俏臉仰對夜月，月照為她烏黑的秀髮添上了一層金芒，她以充滿磁性的聲音深沉地道：「時間是這世上最奇異的事物，也是最難明白的東西，她並不是客觀的死物，而是活的，具有人類所難以明白的內涵、特質和變異的能力，就像一個橡膠做的球，你雖可以暫時改變她的形狀，但她本身的彈性和張力，始終能使她回復原形，而時間的真正本質，卻比橡膠球更要奇異萬倍、億倍。」

凌渡宇閉上虎目，想到時間和空間有着不可分割的關係，但為何當空間是三度空間的立體時，時間卻以單線的一度空間而存在。是否真如愛因斯坦所言，時間只是空間這三度空間外的另一空間——第四度空間。

時間並不是一成不變的，這已在相對論中得以確立，速度愈大，時間便愈慢，在黑洞那類奇異的天體裏，當引力大得連光也逃不掉時，時間更將以人類不能理解的方式存在着，時間究竟是甚麼東西？

這宇宙的極限是光速，所以光速是個不變的常數，但假設能超越光速，時間是否會發生倒流的現象？

時間是否有開始和盡頭，始終之外，時間又是以甚麼方式存在着？

飄雲的聲音傳入他耳內道：「你以為時間旅行像騎摩托車那麼容易嗎？隨你歡喜便可以由這一點到另一點去嗎？不！時間旅行並不是那樣，我能在這裏與你說話，讓你看見，每一秒鐘都消耗着你這時代最大核電廠所能在一年內產生的能量，時間旅行是最昂貴的玩意。」

凌渡宇猛地睜開雙目，不能置信地叫道：「甚麼？」

飄雲俯視着盤膝結坐的凌渡宇，澄藍的眼睛像兩潭深不可測的湖水，淡淡道：「假若從遙遠時空送過來的時空流能有絲毫減弱，我便會像空氣般消失在你眼前，時間旅行的兇險是難以想像的，就算以我那時代的水平再發展一萬年、十萬年，恐怕我們在對時間的了解上，仍是屬原始時代，我們時代所有的精力，都投進與時間的抗爭裏，人類成為時間的奴隸已太久遠了，久遠得連想也不願意去想。」她語氣雖是平淡，但內中卻激盪着無限的荒涼，隱現着人類與時間和命運抗爭的悲壯史詩。

思想的火花在凌渡宇的腦神經裏煙花般爆閃，自亙古以來，人都是在時間的約束內生存着，從來沒有一丁點兒改變，人類只能活在無可抗議的現在裏，我們喚那作「現實」，既不能重返過去，也無法翱翔於未來。征服時間是可思而不可即的幻想，只能存在於虛假的小說情節裏。

如果能改變過去，現在是否仍能存在？是否真如飄雲所說，時間像一隻橡膠球，無論怎樣變化，很快便能回復原狀？凌渡宇面對着是古往今來，所有人都面對過的問題，但卻沒有人能解決的問題。

飄雲來到淩渡宇身後，跪了下來，兩手由他肩頸處伸下，緊緊摟着他強壯的胸肌，玲瓏浮凸的玉體緊貼着他的背部，舒服地嘆了一口氣，幽幽道：「我喜歡摟着你，在我們那時代，已沒有人這麼做，生孩子全在體外進行，在我離開這世界前，多麼想一嘗愛情的滋味。」她的性格變化多端，一忽兒純真如不懂事的女孩，一忽兒憂鬱傷懷，但突然又會變成堅強狡猾的戰士。

這一次的摟抱，比之上次威脅他交回記事冊的死亡擁抱，直有天壤之別。

淩渡宇被另一種對神秘宇宙的茫不可知而生出無限感慨的情緒充滿了心坎，並沒有細嚼她的話意，只是不自覺地將她一對玉手握在手裏道：「你還沒有解答為何不能回到高布死前的時間那問題。」

飄雲將櫻唇湊在他耳旁道：「你還不明白嗎？我們整個時代的能力只能支持一個能量體在遙遠的過去中活動，所以只有在高布死後，才能將我送來，而地點則是高布的別墅，因為高布的別墅有着時空流能的烙印，就若時間在大海上一個浮標，指示我抵達的地點。」

凌渡宇皺眉道：「那為何不送你到比你那時代更先進的將來，那不是可以輕而易舉得到更先進的知識嗎？」

飄雲道：「時間並不是一條直路，而是像千百萬個縱橫交錯的蜘蛛網織在一個奇異的空間裏。我們曾將兩個人送往將來，但他們都像空氣般消失了，一點痕跡也沒有留下來，時間能將任何試圖改變她的東西無情地吞噬。」

凌渡宇一呆道：「那你又如何？完成了任務後，你是否能重返未來？」

飄雲凝視着他，眼中的憂鬱不斷凝聚着，卻沒有回答他的問話。

凌渡宇還未來得及再追問，奇怪的聲響從西南方的天際傳過來。

兩人愕然抬頭，夜空裏一紅一綠兩點光閃動着，探射燈光造成的光柱像怪物的手觸摸着沙漠的地表。

直升機。

「軋軋」的機器聲打破了沙漠的寧靜。

凌渡宇一個箭步，將整個帳幕連着帳篷推倒地上，兩手將沙狂撥在上面。

直升機轉了個彎，飛了開去，轉瞬遠去。

飄雲跳了起來道：「一定是那利比亞人報了警。」

凌渡宇道：「現在更是寸步難行了，可以想像所有公路都會被封閉，大批帶着獵犬的警察，會像搜索野獸般找尋我們的行蹤。」

飄雲道：「我們可以躲進沙漠裏。」

凌渡宇嘆道：「可惜我沒有時間玩這個兵捉賊的遊戲，還有三十多個小時，在發掘場會舉行一個會議，以決定是否要繼續進行發掘，假設我不出現，便沒有人去説服國際考古學會的委員不投反對票，高布發現的秘密將永遠埋在地底裏。直至人們能再找出發掘的理由。」

飄雲臉上現出罕有的激動神色，衝前緊抓着淩渡宇寬闊的肩頭，幾乎是叫起來道：「不！一定要掘下去，愈快愈好，否則便來不及了，相信我！」

她的強烈反應大出淩渡宇意料之外，呆了一呆道：「你在說甚麼？」

軋軋聲響再次在遠方響起。

淩渡宇轉頭望去，直升機在明月映照下，怪物般筆直飛過來。

第一個念頭叫他找地方躲起來，但當第二個念頭升起時，他已決定站立不動。

他望向飄雲，後者的眼光迎上了他，堅決而肯定。

她明白了他的計劃。

直升機飛臨頭上，停了下來，強烈的射燈，將他們照得無所遁形。

通過擴音器的聲音以阿拉伯話叫道：「放下你們的武器，我們是利比亞軍隊，你們已被逮捕了，除了投降外再沒有選擇。」

凌渡宇抬頭望去，只見到令人睜目如盲的強烈射燈光源，他舉起右手，作了個投降的姿勢，然後慢慢探手衣內，慢慢伸出來，手拿着槍，高高舉起。

任何令他們懷疑的動作，只能招來殺身之禍，可以想像最少有兩支以上的自動武器，對準他們兩人，在每秒三發的速度下，不出十秒，他們將變成蜂巢般的屍體。

「將槍扔開！」

凌渡宇左手一揮，手槍打着轉在空中畫過一道優美的弧線軌跡，落在沙上。

旋轉葉捲起的狂風，掀起了盤舞的沙塵，使他們陷身在迷濛的沙海中，眼目難睜，袍服獵獵飛揚。

直升機上的軍士繼續發出命令道：「現在面對着地躺下去，手和腳大字形張開，違抗者將格殺勿論。」

古往今來的遊戲裏，失敗者都是備受勝利者的嘲弄和侮辱的。

凌渡宇和飄雲依言躺下，臉埋在沙裏，變成兩個人造的「大」字。

直升機緩緩降下，無線電通訊的獨有聲音響起，駕駛員通知着獵物已經手到擒來。

凌渡宇略抬起頭，越過飄雲的嬌軀，在強光裏見到直升機在他們左側三十多碼處徐徐降下，上面除司機外還有四名全副武裝的利比亞士兵。

旋葉的速度開始轉慢。

在直升機還未降到沙上時，四名士兵從艙腹逐一跳了下來，踏着黃沙，「噗噗噗」地向他們迅快迫來。

「砰砰！」

凌渡宇左胸給走過來的兵士的軍靴蹴了兩腳重的，他痛得叫了起來，當然以他的捱揍能力，這兩腳只像隔靴搔癢，但他一定要裝模作樣，好使對方掉以輕心。

「咔嚓！」

蘇製的卡拉什尼科夫衝鋒槍頂着淩渡宇的後腦，另一名士兵粗暴地向他搜身。

另兩名士兵嘿嘿淫笑道：「這妞兒真美！」

飄雲發出了一下尖叫，顯示士兵對她有所行動。

接着下來所發生的事快得超越了人的思想。

藍光爆起，兩名士兵離地拋開，滾跌地上，手中的衝鋒槍脱手飛去，比起淩渡宇來，他們對流能的抗力自是大大不如，立時暈死過去。

用槍嘴頂着淩渡宇後腦的士兵條件反射般提起槍，想向飄雲發射，但淩渡宇已轉過身來，雙腳首先絞着騎在他上面搜身的士兵的雙腳，借翻動的勢子，將他絞得側跌地上，同時借腰力彈起，一拳正中那想向飄雲發射的士兵小腹下的要害。

那士兵痛得彎下了腰。

飄雲撲了過來，飛起一腳，踢正那士兵腦際，那士兵頹然倒下，暈了過去。

同一時間凌渡宇亦打暈了那給他絞跌地上的士兵，將衝鋒槍搶到了手。

「砰砰砰！」

卡拉什尼科夫衝鋒槍震耳響起。

直升機的探射燈爆成一天碎粉。

停下的直升機旋葉又開始轉動，但一切也遲了。

凌渡宇以驚人的高速橫過三十多碼的距離，來到直升機旁。

機師驚惶地自動舉起雙手。

車輛移動的聲音，從遠方的公路傳來，利比亞警察聞訊趕至。

凌渡宇喝道：「要命的就滾出來！」

那機師爬了出來，凌渡宇槍柄一揚，機師木柱般仆倒地上。

凌渡宇向奔來的飄雲招呼道：「快上來！」

公路處傳來剎車聲和人聲，只要五分鐘，大隊人馬便可由公路處趕到這裏來。

凌渡宇進入駕駛的位置，飄雲坐在他身旁，衝鋒槍監視着倒在沙上先前還揚威耀武，現在卻變成五條可憐蟲的士兵。

凌渡宇啟動引擎，直升機的主旋翼運轉起來，不斷加速，很快便達到頂點，他將主旋翼的攻角增大，以加強升力，直升機升離地面。

飄雲叫道：「來了！」

凌渡宇側頭一望，不禁倒抽了一口涼氣，只見最少百多名利比亞警察，扯着幾頭向前直衝狂吠的巨形警犬，潮水般從公路處湧來，即使沒有給直升機發現，要在這樣規模的圍捕下逃生也是難比登天。

直升機不斷升高。

他踩着尾旋翼的踏板，使直升機保持方向，又將控制飛行的循環桿拉向後，使機鼻朝上，保持繼續上升的勢子。

下面人聲鼎沸，警察的前鋒已發現了倒在地上的士兵。

但直升機已升離地面足有二百多呎，開始停止上升，盤旋起來。

淩渡宇把循環桿傾往右側，直升機呼一聲，往沙漠的深處飛去，將來擒拿他們的人遠遠拋在後方。

夜風吹進機艙裏，直升機像大鳥般在夜空裏乘風翱翔，使人份外感到自由的可貴。

淩渡宇叫道：「我們還有四個小時的燃料。」

飄雲道：「夠不夠我們飛往埃及？」

淩渡宇苦笑道。「難說得很，假若再多兩小時，便可以很有把握了。」

在他控制下，直升機速開始減慢，同時降低高度，幾乎是貼着地面前進。

飄雲奇道：「為甚麼不飛快點，又飛得這麼低？」

凌渡宇道：「慢速可以減低燃油的消耗，低飛是要避過對方的雷達。利比亞是個時常處於高度軍事戒備的國家，只要發現我們的行蹤，便可派出戰機來攔截，那時就是我們的末日了。」

飄雲啊一聲道：「原來是這樣，我們那時代已進入『太陽能第十八紀』，一方寸的能量，可供整個城市十年之用。」

凌渡宇讚美道：「要是這直升機有一立方分那樣的能源，我便可載你環遊世界。告訴我，為何你對我們的世界如此熟悉，又懂說英語？」

飄雲道：「自出生以來，我一直被訓練成為『時間戰士』，等待着派到這裏來，所以對這期間數百年的歷史文化社會，最是熟悉。」

凌渡宇叫道：「那告訴我，十年後的世界會是怎樣？」

飄雲正容道：「對不起，我曾受嚴格指示，不可向我遇到的任何人揭示未發生的將來，那可能會造成難以預測的因果效應，真的對不起。」

凌渡宇瀟灑地聳肩，毫不介懷地道：「但你總可以告訴我，為何你擁有如此奇怪的力量，而高布卻全無保護自己的能力？」

飄雲對凌渡宇的灑脫非常欣賞，爽快答道：「我們那時代只有兩類人，就是『學者』和『戰士』，後者和前者的比例是一比一萬，每一萬個學者，才有一個戰士，戰士都自幼經受最嚴格的訓練，高布雖然是非常傑出的學者，卻不是像我這樣的戰士，所以並沒有保護自己的能力。」

凌渡宇道：「好了！現在可以告訴我，高布和你由遙遠的將來回到這落後原始的時代，究竟為了甚麼？不要告訴我只是為了追尋阿特蘭提斯。」

「嘟！嘟！嘟！」

儀器板上一個紅色的燈不斷閃亮。

飄雲道：「那表示甚麼？」

凌渡宇若無其事地道：「那代表了我們被對方的雷達查察到，我早估計到以直升機的性能，絕沒有逃出對方雷達的可能。」

飄雲道：「怎麼辦？」

凌渡宇道：「假設有足夠的燃料，我們或者可以用盤旋迂迴的方法欺騙對方的雷達，但現在只能以直線低飛的方式，希望在對方的戰機截擊前，越過往埃及的邊界。」

紅燈依然驚心動魄地閃動着，像催命的煞神。

凌渡宇關掉了所有燈光，憑着極星在左方的位置，往正東飛去。美麗的圓月，反而成為暴露他們行蹤的致命因素。

兩人間一時沉默起來。

飄雲道：「雖然是險阻重重，但總已不是我先前所想的要孤軍作戰，真的很感謝你。」

凌渡宇道：「你首先要告訴我你到這裏要幹甚麼，我才可以真的幫助你。」

飄雲道：「你要我現在告訴你嗎？」

凌渡宇道：「不！」低頭細察着儀器表的讀數：好一會才道：「還有一個小時我們便可以越過邊界，那時就安全多了。」

飄雲欣喜地道：「那真的很好！」臉上泛起動人的純真。

凌渡宇苦笑道：「可惜只剩下了大半小時的燃油，只夠我們在利比亞邊防軍的營地降落。」

飄雲的歡喜頓時雲散煙消。

凌渡宇道：「你看！」指着儀器板上的偵察熒幕，上面閃着兩個黃點。

飄雲道：「是甚麼？」

凌渡宇道：「是兩架戰機，正向我們追來。」

飄雲愕然後望。

只見月照下的後方，空無一物。

但轉眼間，兩點閃亮的紅光，在高空處迅速擴大，顯示兩架戰機，正以高速向他們飛來。

最令人擔心的噩夢，變成了眼前的事實。

凌渡宇將控制速度的節流閥增大，機速逐漸爬升，直至四百哩時速，那已是這架「憂鬱式攻擊運輸直升機」的極限。

後面兩架戰機啣着他們的尾巴筆直飛來，眨眼的工夫已從兩個黑點擴大成兩架威武逼人戰機形態，「呼呼！」兩聲從直升機的頭頂掠過，在前窗處迅速重化為兩點，顯示出它要比直升機高上三、四倍的平飛最高時速。

凌渡宇看了看儀器顯示出機腹下正空空如也的導彈架，心中嘆了一口氣，若想以直升機上裝置的唯一武器加農炮來對抗，比以臂擋車的螳螂還有所不如，假若這是山區，還可以藉地勢的阻擋和直升機的低飛能力來閃躲對方的炮火，可是在這一望無際的大沙海裏，這種有利的條件全付闕如，何況敵人深悉自己這架從他們處盜來的直升機的性能和裝備，甚至燃料箱內的虛實，這使他變成來到了如來佛祖五指山內的孫悟空，除了說出曾到此地一遊的壯語外，再無其他法寶。

飄雲咬着下唇，神色出奇地平靜，當她看到淩渡宇的神色，輕輕道：「我們是否要投降？」

淩渡宇遙望着已變成僅可覺察兩小點的戰機，淡淡笑道：「我早已將『投降』這兩個字從字典刪去，不留痕跡。唉！我倒希望他們派來攔截我們的是『米格二十七』，它們較低的靈活性和只能在高空飛行的局限，並不能對我們造成太大威脅，但這兩架卻是『蛙腳地面攻擊機』，它的優良控制性能和低空靈活飛行，即使我們利用低飛來閃躲，它的『AA-8』雷達導引空對空飛彈、又或熱能導向飛彈和裝在機鼻的機炮，仍可以輕易把我們送回出生前的老家，由哪裏來便由那裏回去。」

飄雲見他說得有趣，忍俊不住哂道：「可惜你的字典裏『死亡』這詞語並不能刪去，其實無論他們派甚麼機來，在離開邊境二百哩許的地方，直升機便要因缺乏燃料而降下，所以甚麼機種也沒有甚麼關係，噢！他們又來了。」

兩架攻擊機在眼前擴大，呼一聲從頭頂掠過，這次他們飛得更貼近，在離開直升機頂百來呎的上空掠過，一時間震耳欲聾的空氣摩擦聲，填滿了天地。

直升機被氣流一衝，蹣跚跌撞，像斷了線的風箏，身不由己地打了幾個轉，好一會才在凌渡宇超卓的控制下，繼續前飛。

攻擊機再次啣尾飛來，這次並沒有越過他們，反而來到兩側，減低速度，一左一右夾着他們，像是負起護航之責，事實當然剛好相反。

傳訊器通話的燈號閃亮着，發出「嘟！嘟！嘟！」懾人心魄的尖響。

凌渡宇按着了對講器。

刺耳的阿拉伯話立時傳入耳內道：「外國人，立即降下，否則我們要你們機毀人亡。」

凌渡宇向對講器笑道：「請勿忘記這是值上千萬盧布的直升機。」順手關掉了傳訊器。

飄雲不愧是未來世界萬中選一的戰士，神情由始至終都是那樣冷靜，就像她的神經是沒有感覺的鋼線。

燃料指示針已跌破紅線，顯示燃料隨時會用盡。

飄雲道：「他們會怎樣做？」

凌渡宇望向左右兩側的攻擊機，在月光下機身輝閃着金屬的銀白色，這兩架人類發明出來的空中殺人機器，下一步會採取甚麼行動？

凌渡宇笑道：「假設我是他們，首先會請示上級，而假設我是他們的上級，就會告訴他們直升機上的燃料並不足以飛往埃及，所以最應該做的事，就是讓直升機繼續飛行，直至燃料用完，這才能保全這架昂貴的蘇式直升機。」

飄雲道：「那你準備降落在甚麼地方？」

凌渡宇道：「假設直升機能以這樣的時速再飛十分鐘，便可抵達介乎利埃邊界的『沙丘山』，在那裏逃避追捕的機會可能會增加幾個百分點。」

飄雲的目光雲彩般飄向他，淡笑道：「你這人在生死關頭，為何仍是那副滿不在乎的樣子？」

凌渡宇嘿嘿一笑道：「這才配得上做你的情人，是嗎？」

飄雲喃喃唸道：「情人！情人！我會記着你是我唯一的情人——」低迴不已。

凌渡宇道：「趁現在還有點時間，告訴我『逆流』究竟是甚麼？他們為何要殺死高布，為何要毀滅有關阿特蘭提斯的一切，為何要迫害我？他們有多少人？」

飄雲道：「他們也是來自未來世界，人數不敢肯定，但絕不會超過五十人。」

凌渡宇愕然道：「這怎麼可能？你才説過要支持像你那樣一個能量體，回到這遙遠的過去是需要整個時代所能產生的能量，他們那樣一大群人應怎麼計算？」

飄雲正要回答。

燃料用盡的警號已經響起。

立即降落的字樣在顯示幕上驚心動魄地閃亮着，像一道催命的符咒。

凌渡宇詛咒一聲，連綿起伏的沙丘山已出現在三哩外的前方，還差分許鐘的時間便可抵達較有利的降落地點。但卻是那樣地可望而不可即。

凌渡宇一咬牙，直升機鼻向上一抬，奮起餘力，斜斜往月夜下的虛空衝上去。

飄雲閉上眼睛，臉色凝重，似乎在盤算着一個重大的決定。

直升機在顫震着。

旋翼的軋軋聲頓了一頓，才繼續揮動，但已慢了下來。

凌渡宇嘆了一口氣，向下降去，否則就是機毀人亡的後果。可是距離沙丘山只有那哩許的短距離。

旋葉捲起一天的風沙。

四周一片迷茫。

可以想像，攻擊機上的機師，正通知邊防軍的直升機立即起飛，載來大批搜捕他們這兩隻籠中老鼠的精鋭隊伍。

不要說準時赴會，能逃出利比亞的機會仍很渺茫，凌渡宇寧願在非洲的黑森林走上二千哩，也不願在沒水沒食物沒駱駝的情況下在沙漠走上二十哩，何況是二百哩？

直升機緩緩下降。

就在這時刻。

飄雲猛張俏目，射出堅決的眼光，低喝道：「繼續飛！」

凌渡宇愕然望向她，只見一層藍芒在她皮膚上閃耀着，使她看來像個具有法力的美麗女神。

凌渡宇當機立斷，將循環桿猛向後拉，直升機再次上升，這下是冒生命危險的賭博，假設直升機沒有新的動能，便會立即墜毀，些許轉圜的餘地也沒有。

機身強烈一震，旋翼停了下來，雖仍軋軋轉動，但已失去了後繼的力量。

飄雲身體輝閃的藍芒更濃更盛，遠超以往任何一次他看到的情景。直升機由上升急變作下墮，這時它離開地面只有四百多碼高，撞進沙漠的後果令人不敢想像。

凌渡宇耳鼓轟鳴，忍受着氣壓的猛烈轉變，目下他只能聽天由命。剎那間直升機墮跌近百碼，跌勢加速。

「蓬！」

積聚在飄雲身周的藍芒煙花般爆開，能量激盪，機身噼噼啪啪地藍焰爆閃，機艙內全部儀器世界大亂般亂躍亂動。

「軋軋軋！」

一股奇異的動能注進直升機的引擎裏，旋葉開始旋動起來。

凌渡宇歡呼一聲，一拉循環桿，將節流閥調到最大。

直升機由垂死的鳥兒，變成翱翔長空的雄鷹，勇猛地向前疾飛而去。

飄雲閉上眼睛，全身顫抖，但藍芒卻是有增無減，將艙內變成幽靈般的藍色天地，藍芒瞬又以飄雲作中心點回縮，但引擎已灌注了足夠的能量。

凌渡宇一看機速，比先前增加了一倍有多，從飄雲身上發出的時空流能，不但能像燃料般使用，竟還能奇蹟地改善了整架直升機的效能。不過比起攻擊機的速度，還差了三分之一。

這一着顯然大出那兩架蛙腳地面攻擊機的意料之外，措手不及下直升機驀地超前，飛臨延綿不絕的沙丘山上。

凌渡宇立即向下低飛，希望在攻擊機趕上來前，能藏進丘陵般起伏的沙山縫間裏。在那裏躲避導彈總比全無遮擋的虛空好上一點，目下他可以利用的就是直升機優越的低飛性能和地形。

他的手將循環桿推前，直升機幾乎是筆直向下俯衝，他的眼卻盯着節流閥，不讓它少於百分之五十，否則直升機會發生「失速現象」，不受控制而墜毀地上。

原本他的打算是降落在沙丘山裏，但既然直升機恢復了動力，性能更勝從前，他喜愛冒險和大膽的性格，使他不願放過拼死一搏的機會。

藍芒不住從飄雲身上爆開，她的顫抖更劇烈了，似乎對身旁發生的事全無所知。

直升機繼續俯衝，瞬眼間下降了數百碼，沙丘山像一片廣大的黑雲直壓眼前，使人生出暈眩的感覺。

這當然難不倒淩渡宇，他是抗暴聯盟裏最有資格的戰機優秀駕駛員，對各類型戰機瞭如指掌，能應付任何飛行時可能發生的困難局面。

「嘟！嘟！」

儀器板上「反雷達儀表」的紅燈催命符般閃響着，顯示敵人已射出了導彈。而且是熱能導向飛彈。

凌渡宇咒罵一聲，同時開着了「紅外線干擾器」和「雷達干擾器」，這可以騷擾對方射出的紅外線或雷達導向的飛彈，使這橫行空中的閻王爺失去準頭。

在正常的情形下，他還需拋出誘敵裝置，例如對付雷達導向飛彈的金屬片，又或對付紅外線導向飛彈的火焰干擾裝置，務使對方誤中副車，可惜這直升機卻沒有裝上這等設備，眼下惟有純靠他凌渡宇的頭腦和技術了。

他關了控制引擎的節流閥，螺旋槳立時慢下來，他同時啟動了「自動旋轉模式」。

原來一般飛機因故障或其他原因失靈時，仍可以藉滑翔的方式降落，將損害減至最低，但直升機的特性和結構卻使它沒有這功能。可是當引擎停掉時，卻可藉螺旋槳的自動旋轉功能而安全降落，當然那需要高度的操縱技巧和準確的判斷能力。

凌渡宇將循環桿推至最前，直升機由俯衝變成筆直下降，降速陡增一倍，螺旋槳在機速的帶動下，自動旋轉起來。

凌渡宇這樣做，最主要是減去了引擎發出的熱能，使對方的導彈失去追蹤的目標。

剎那間，直升機成功降至兩個凸起地面高達百多呎的沙丘山之間。

凌渡宇強忍着氣壓驟增帶來的暈眩和痛苦，將循環桿往後拉，所有向前的速度立時轉為主螺旋槳的能量，直升機在空中抖了幾下，降速緩了下來。

凌渡宇啟開節流閥，飄雲注入的時空流能立時重新進入引擎裏。直升機在離地面二十多呎的低空，「呼」一聲前飛而去，迅速繞着左邊的沙丘山急旋。

「轟！」

導彈在機後的沙丘山爆炸開來，沙塵漫天，但直升機早繞到山後，迂迴在沙丘與沙丘間低飛。

凌渡宇知道空戰才剛開始，只見雷達上兩個紅點，已越過直升機，飛到前方，一個急旋，分左右包圍過來。

一擺循環桿，直升機不但沒有逃走，反而斜斜從隱蔽的地勢裏向上而衝，剛衝離沙丘，一架攻擊機迎面飛來。

他大喝一聲，機上的加農炮火光閃爍，震耳欲聾聲中，炮彈雨點般向攻擊機射去。

這一着顯然大出對方意料之外。

攻擊機靈活地側旋衝上，但左機翼火光乍閃，已中了他奇兵突出的炮火，不過假若不是直升機的性能因飄雲發出的時空流以致大幅改善，也不敢如此向蛙腳地面攻擊機挑戰。

凌渡宇將循環桿推前，似潛水艇於襲敵後立時潛進水深處般，直升機潛往低空去。

雷達上兩個紅點的其中一粒迅速遠去，顯示敵機雖受了傷，仍能支持着逃回基地，另一個紅點卻又從後方追來。

威脅大減下，凌渡宇鬆了一口氣，神出鬼沒地在沙丘間左穿右插，使敵方難以將直升機鎖定在導彈的攻擊瞄準器上。

攻擊機幾次低飛盤旋，都給他巧妙地避了開去。

還有十分鐘便可以飛越利埃邊界。

一定要支持下去。

飄雲發出的流能驀地明顯減弱，直升機往下急降。

凌渡宇心裏大叫不好，要應變已來不及了。

飄雲發出了一聲呻吟，流能重新灌注，但她臉上首次露出吃力的神色，似乎在忍受着莫名的痛苦，凌渡宇既心焦又心痛，但卻幫不上忙。

直升機重新飛行，速度竟提升了百分之二十。

雷達上顯示的攻擊機，從頭頂俯衝而下，作最後一擊。

凌渡宇知道若只顧逃走，必難逃脫對方毒手，剩下這攻擊機，因有前車之鑑，自己勢不能重施故技，眼下惟有盡力周旋，只要拖過這十分鐘的機程，便可安全逃離利境。

他將節流閥調低，以六十英里的低時速貼地迂迴前飛，因為攻擊機的高度若低於兩百呎，會因本身的高速而產生控制上的困難和失調，所以只能從上方攻擊，於是問題來了，藉着起伏沙丘的掩護，攻擊機在火力及航行裝置上的優勢便喪失了，而且攻擊機上的「都卜勒脈衝雷達」，是沒有追蹤時速低於一百英里的直升機的能力，地形亦使攻擊機任何設備沒法鎖定和命中目標，更重要的一點，在直升機貼地低速飛行時，發出的熱能便少得多，這使攻擊機上的紅外線熱能感應器也大打折扣。

果然攻擊機幾次下衝，都徒勞無功，眼白白看着凌渡宇閃了開去。

還有五分鐘、四分鐘……

攻擊機再次下衝，像雄鷹撲兔般由上衝下，一派不到黃河心不死的態度。

凌渡宇暗讚一聲，攻擊機這次下衝，無論角度、時間、速度都拿捏得十分準確，足證對方也是一流的空中戰士。他若再依前法躲避，便很易給對方吊着尾巴饗以機槍炮，那時便功虧一簣了。

他不慌不忙，當攻擊機進入能攻擊自己的範圍時，一拉循環桿，直升機不再低飛，驀地上升二百多呎。

這突變使對方完全沒法瞄準和鎖定發射目標。

「呼」！

攻擊機的驚人高速使它轉瞬從直升機的下方掠過，來到直升機的前方。

直升機的加農炮瘋狂發射。

點點紅光，向攻擊機追去。

直升機接着左轉四十五度，又再次往下沉去。

凌渡宇甚至沒有時間觀察對方是否中彈，直升機貼地急飛，不一會，已進入了埃及的國境。

直升機速度增加，往發掘場飛去。

攻擊機沒有追來。看來似乎也受了點傷。

終於脫離險境。

「呀！」

飄雲一聲慘叫，整個人從座椅彈了起來，再軟跌椅上，昏暈了過去。

藍芒消失，動力全消。

凌渡宇心下大駭，連忙放下起落架，開動自動旋轉模式，循環桿急推向前，直升機向下跌衝，快到地面時他將循環桿猛拉向後，直升機奇蹟地減速，緩緩降下。

「蓬！」

直升機落在幼沙上，捲起一天沙塵。

凌渡宇撲過飄雲的座位上，只見飄雲臉如白紙，一點呼吸也沒有。

凌渡宇心中一寒，只覺剎那間手足完全冰冷，他早想到她情況不妙，但卻想不到竟是這樣令人心碎的悲劇。

凌渡宇全身麻木，淚水不由自主從眼眶湧出來，抓着她的香肩叫道：「飄雲！飄雲！」

她的心臟完全停頓。

這從遙遠時空回來的堅強戰士，眼目緊閉，血色退盡的俏靨在機窗透進來的月色下，像透明的水晶，但卻沒有半點兒生氣。

這客死時間異鄉的美女，生前和死後的美麗是同樣地扣人心弦。

凌渡宇拿起她的手腕，伸出三指搭在她的「寸、關、尺」上，脈搏的跳動完全停止了下來，就若生命的休止符。

凌渡宇悲叫一聲，將她抱了起來，走出機外，用他所知道的每一種急救方法，施在飄雲身上，直至力竭筋疲，才頹然坐下。

飄雲像尊沉睡了千百年的女神像，平躺在冰冷的細沙上。

沙漠的寒風，吹得衣衫獵獵，秀髮飛揚。

她的身體冰一般地寒冷，但皮膚和肌肉仍是非常柔軟，使人難以相信她已死亡。

凌渡宇輕輕撫摸着她的臉頰，一股悲傷泉水般湧上來，在令人歡欣的勝利後，跟隨着竟是如此毀滅性的結局。

難怪飄雲決定以時空流能使直升機繼續飛行時，神情是那樣地悲壯，因為她早估到了這可能的收場，但她還是那樣做了。

凌渡宇心中的悲哀不斷凝聚。

這美麗的戰士，像一朵飄雲般來到這遙遠的過去裏，也像一朵飄雲般突然消沒。

第八章
唇槍舌劍

在發掘場旁營地的會議室裏，一張長方桌四周坐了四男兩女，離開較遠的一端坐的是國際考古學會最高委員會主席尊柏申爵士，而對正的另一端的椅子卻是虛位以待。

他左方是一男兩女。

男的是法國著名的大收藏家羅曼斯先生，他的收藏除了包括林布蘭在內的大師繪畫外，還有一個敢數第一的中國鼻煙壺珍藏。他人雖年屆四十，但一身都是巴黎名師設計的時裝，加上風度翩翩，一對似笑非笑的眼睛，唇上的小髫子，使他除了收藏家的身份外，也是馳騁情場的花花公子。

他旁邊是夏芸博士和美艷的晴絲貴女，前者是退休了的博物館館長，考古學的顯赫人物，臉孔長長的，有點像巫婆，後者是西班牙貴胄之後，三年前嫁了富甲一方的美國大工業家，兩年前做了最富有的寡婦，年紀在三十間，風韻成熟迷人。

坐在尊柏申右方第一張椅子是白非教授，臉容古肅，金絲眼鏡下的眼睛似開似閉，給人有點糊塗的感覺，是那種沒有甚麼主見的人，當年慘死的奇連，便是曾告知他要發表有關阿特蘭提斯的論文。

最後一位是個氣宇軒昂，兩眼閃着懾人精光，一身白色薄西裝，頭上戴着白帽的高瘦男子，在酷熱的沙漠裏，他手上仍穿戴着一對白手套，但卻絲毫沒有難受的感覺，幸好會議室內裝了由小型發電裝置供應電力的冷氣機，否則更使人感到怪異。

他就是馬客臨，著名的美國籍考古學權威、探險家和擁有數間航空企業最大宗股份的超級富豪，也是國際考古學會的副主席，聲望與尊柏申不相伯仲。

時鐘指着九時正。

馬客臨淡淡道：「我們的朋友怕要失約了。」他的聲音低沉有力。

尊柏申道：「我們不遠千里到這裏來，可否多等上十五分鐘。」

馬客臨有風度地一笑，不置可否。

巫婆似的夏芸博士以她尖銳多變的聲音道：「這時代的年輕人哪還懂得守時的重要！」

旁邊美艷的富有寡婦晴絲插入道：「噢！博士，請勿將我歸入老人的行列。」對她來說，最大的敵人便是令人老去的流逝年華。

羅曼斯絕不放過任何討好美女的機會，乘機道：「誰人那樣說便真的是『老』，不過是『老糊塗』。」將這富有美麗的寡婦弄上手，是他目下最大的夢想。

眾人笑了起來，除了夏芸博士和尊柏申。

夏芸博士拉長了那張滿佈皺紋的長臉，不悅地「哼」了一聲，對於晴絲貴女和花花公子羅曼斯兩人，她一直都沒有甚麼好感。

尊柏申卻在擔心淩渡宇，擔心他出了事，哪來興趣附和這對風流男女的調笑。

時間一分一秒地過去。

一直沒有作聲的白非教授瞇着眼，似乎很吃力才看到牆上大鐘的時間，斷斷續續地道：「時間到了嗎？」

眾人泛起鄙視的神色，這白非近年來時常酗酒，不過他在委員會內的好處是不會反對任何意見，是個沒有殺傷力的廢人。

馬客臨道：「既然我們的朋友爽約，事情便簡單得多，讓我們投票決定，還有很多的事等着我去做呢。」

白非教授叫道：「是的是的！我也要趕回波羅的海……」

尊柏申乾咳一聲，打斷了他，冷冷道：「有沒有人認為該多等一會？」

眾人均默然不語。

尊柏申心內嘆了一口氣，道：「這件事大家都很清楚來龍去脈，不用再多說了，現在請反對進行發掘的人……」

「咯咯！」

敲門聲響起。

眾人的注意力立時投在閉上的門上。

一名埃及軍士推門而入，向尊柏申道：「爵士，有位自稱凌渡宇的中國人在外面。」

眾人大感奇怪，他們早已通知了負責他們安全的埃及特種部隊。凌渡宇會到來赴會。為何不直接請他進來。

軍士迎着眾人詢問的眼光續道：「他是被我們巡邏直升機在西面五里處的沙漠發現的，一個人獨自從利比亞橫過大沙海走來，身上沒有任何證明文件，也不肯回答任何問題，只堅持要見爵士。」

眾人恍然大悟，但又奇怪發生了甚麼事在這傳奇的中國人物身上，誰能步過會隨時無情吞噬脆弱人類的大沙海？

尊柏申無論如何鬆了一口氣，道：「請他立即進來。」

軍士向後面作了個手勢，一位身高六呎的昂藏青年，大步踏入。

他的頭上、臉上、衣服全鋪滿了灰濛濛的沙屑，閃亮的眼睛帶着深沉的哀痛，但神態仍像往常那樣瀟灑從容，有種難以形容的閒逸和自信。

美艷的晴絲貴女眼睛一亮，對淩渡宇大感興趣，首先笑道：「爵士還不為我們介紹這位橫渡沙海來赴約的年輕人？」說「年輕人」三個字時，她加重了語氣，回應早先夏芸的説話。

羅曼斯見晴絲眉梢眼角全是盈盈笑意，大感不是滋味，悶哼一聲。

尊柏申並不是反應慢，而是心中奇怪淩渡宇眼中那種哀莫大於心死的神色，他當然不知道飄雲的逝去對淩渡宇造成的傷害。

淩渡宇提起精神，以堅強的意志壓下整夜穿行沙漠的勞累，將心中巨大的哀傷壓回心靈的至深處，淡淡道：「這是我的椅子吧！」

軍士見機地退出會議室去，順手關上了門。

尊柏申為他逐一介紹，逐一握手，晴絲握着他的手問道：「假如有機會，希望你能做我在沙漠的嚮導。」

凌渡宇笑了笑，不置可否，輪到馬客臨時，對方並不伸出戴着白手套的手，使人感到他的倨傲和自負。

各人坐定後，尊柏申發言道：「今次討論的議程非常簡單，就是中斷了的發掘，究竟還要否繼續下去，我特別請凌先生來，就是要他以高布代表的身份提供一些意見，讓我們能較全面地去理解整件事。」

羅曼斯冷冷道：「假若要繼續發掘，便會產生一連串的其他難題，經費上倒不成問題，但誰能保證慘劇不會重演？誰肯擔當整個發掘的龐大工程？誰……」

夏芸博士插口道：「下面還剩下甚麼東西？『轟』一聲強烈爆炸，甚麼也完了。」

白非教授道：「我也認為太費人力和物力了。」

晴絲嬌笑起來，登時把眾人的注意力吸引到她身上。

晴絲道：「我今次來是專誠聽凌先生的提議，但直到現在，你們仍未給凌先生說話的機會。」她打一開始便維護這個使她心動的男子。

尊柏申身為主席，截斷了紛紜議論，簡單明確地道：「今次我們是決定應否繼續發掘下去，至於如何去做或能否做到，是以後的事。好，請凌先生說一說他的想法。」

眾人眼光又集中到凌渡宇身上。

凌渡宇透視人心的眼神環掃了眾人一遍，迅速地掌握了各人的情緒，六名委員裏，主席尊柏申和夏芸都是未有定見，專誠地聽取他的意見，美艷的晴絲已被他獨特的氣質吸引，大生好感，所以傾向於站在他那一方，只要他能拿出具有說服力的證據。

白非教授是牆頭草，哪邊風大便會隨風倒向。

羅曼斯這富有的花花公子收藏家，因晴絲對他凌渡宇的興趣而大生嫉念，由一開始便不斷打擊他，踐踏他。可是這還不是最令他頭痛的人物。

他擔心的是馬客臨。

此君面容古井不波，高深莫測，使人摸不透他的底子，從他嚴厲堅定的眼神，可推想他不出手則已，一出手必是敵人的要害處。

凌渡宇低沉有力地道：「各位朋友，你們現在要決定的一件事，並不是普通的考古發掘，為埃及博物館增添已有的陳設，而是一次能改變整個人類文明史的重大發掘，阿特蘭提斯就在我們的腳下，等待着我們，其他一切均是微不足道的事。」

尊柏申嘆了一口氣道：「但問題除了高布説過下面是阿特蘭提斯外，並沒有任何證據顯示這片沙海下埋藏了一個先進的史前文明。而且阿特蘭提斯是否曾存在也是疑問。」

夏芸插入道：「我本人便絕對相信阿特蘭提斯的存在，但卻不應是在這裏，據柏拉圖説她應在大西洋上，面積略大於利比亞和小亞細亞面積之和，是一個懂得使用貴金屬和合金的先進文明，島上佈滿了紅、黑、白石塊構成的巨型建築。」她眼中閃動着嚮慕的光采，顯示這一生從事古文物研究的女考古家，對古代文明的深摯感情。

凌渡宇也一直被這問題困擾，只不過這些日來連一刻空下來的時間也沒有，假若能在這點上力加說服，最少可將夏芸爭取過來。

他需要一點搜索枯腸的時間。

羅曼斯故作幽默地道：「滄海桑田，或者大沙海以前真是個大海也說不定。」

凌渡宇虎軀一震，一個念頭閃電般劈進他的腦神經去。

腦中浮起了一幅圖像。

那是放在高布書桌上的巨大地球儀，上面有幾個黑點，但卻與發掘場沒有關係。

一剎那間，他終於明白了。

那些點是代表地球兩極的軸心。

凌渡宇一點不讓自己心中的震動洩出去，眼中射出灼人的精光，當他望向晴絲時，後者耳根一熱，急急地垂下頭去，最後他的眼光來到右方最接近他的夏芸博士身上。

凌渡宇道：「我想大家都必然很熟悉六十多年前在西伯利亞發現的毛象屍了。」

眾人都不明白他為何忽地扯上了個完全無關的問題。

史前時期是人類文明記憶裏的空白和盲點，每一次考古學上新發現所帶來難解之謎，至少與已經解決的問題同樣地多。「急凍毛象之謎」，亦是使考古學界大惑不解的一個存在事實。

白非教授興奮起來道：「這個問題我最清楚，讓我來說罷。」他終於找到了發表的機會。

晴絲喜道：「請說吧！」

尊柏申心中不知好氣還是好笑，西伯利亞發現遠古毛象，已是考古地理學界人盡皆知的大事，這甚至成了許多通俗著作誇誇其談的題材，但晴絲這繼承了丈夫一切遺產的美麗寡婦，除了穿衣花錢享樂外，其他都是一竅不通，若非看在她絕不介意捐助國際考古學會的經費上，她今天休想和他同席開會。

尊柏申作了個阻止的手勢，道：「我看還是由凌先生解說較為好一點。」

白非對尊柏申極為敬畏，聞言立時閉上嘴巴。

凌渡宇整理一下腦內儲存的龐大資料庫，道：「那隻毛象被發現在西伯利亞北部畢萊蘇伏加河邊凍土層內，象頭伸出了地面，已給狼咬得骨也露了出來，但其他的部份仍然完整，科學家發現牠的肉仍可供人食用，顯示只有突然的急凍才能有這樣的結果。」

羅曼斯哂道：「這有甚麼稀奇，在遠古的某一日，一隻毛象不小心掉進那處的凍土陷阱去，被天然急凍直至今天，如果掉進去的是你，便是急凍人了。」

凌渡宇想不到他言辭那樣沒有風度，淡淡笑道：「但你怎樣解釋牠口裏啣着的青草、金鳳花和苔草，那似乎不應該在那裏生長吧？」

羅曼斯強辯道：「你怎知那時西伯利亞是甚麼樣子？」

凌渡宇截斷他道：「這正是我要提出的論點，設想在遠古的某一日裏，生長在熱帶的毛象悠然自得地在綠油油的青草地上吃着苔草和金鳳花，忽然驚天動地的大災難發生了，地球改變了軸心，將熱帶的毛象在瞬眼間轉移到西伯利亞的位置，急凍起來，你說這解釋是否有參酌的價值？」

夏芸呆了一呆道：「有甚麼力量能將地球兩極的軸心改變？」

晴絲叫起來道：「我看過維里柯夫斯基的《碰撞中的星球》，可能是小行星的撞擊，以致引起地軸的改變。」

凌渡宇道：「根據離心力學的原理，當一個球體運動時，最外一點必然是最闊或最厚重的一點，所以地球轉動時，向外的便是赤道，那也是地球最重最闊的地方，假設有另一個部份變成最厚重的地方，這個平衡便會被打破，不要説這絕無可能，因為兩極的冰雪正在不斷的累積，當有一天兩極的積雪比赤道更厚更重時，整個地球便會倒轉過來，兩極來到了現今的赤道，而赤道則到了兩極的位置。」

眾人默然不語，思索着凌渡宇的説話，他現在的議論，似乎離開了原題，但他們卻隱隱感到他繞了一個圈後，仍是回到阿特蘭提斯這題目上。

凌渡宇續道：「這會發生怎樣的情況，首先兩極的冰雪會迅速溶解，造成全球性的大洪水，那使諾亞要坐上避災的方舟，大禹三年治水不歸家。也只有這種極端的情況，才能將熱帶的毛象在瞬息間送到冰天雪地裏急凍起來。」

一直沒有發言的馬客臨微微一笑道：「凌先生只憑一件事而推斷到這麼驚天動地的理論，不怕夠不上科學嗎？」

凌渡宇悠悠道：「證據是大量地存在着，只不過有很多已隨時間而湮滅了，但仍有一些給發現出來，例如在格陵蘭和南極地方便曾找到一些植物化石，其中有多種植物是需要一年三百六十五天的陽光才能生長，只憑這項事實，便說明若非以前兩極的位置在另一個方位，就是今天的兩極以前應在另一個位置。」

夏芸嘆道：「只有地軸改變能最滿意地解釋這一切，何況西伯利亞的凍土層內，除了毛象外，還有各式各樣的其他動物，犀牛、野馬、巨虎、美洲獅，我以前一直不明白牠們為何那樣愚蠢，一隻一隻前仆後繼地掉進凍土陷阱去。」

白非教授道：「這和今天討論的事有甚麼關係？」

尊柏申有點不耐煩地道：「阿特蘭提斯是因一個大災難而整個毀滅了，淩先生提出地軸改變的災異說，一方面證明了能毀去整個文明的災難確實存在着，另一方面也點出了假設地軸轉變了，阿特蘭提斯的遺骸就可能在任何地方，而不是一定要在大西洋裏，就像赤道的毛象被送往了北極。」

凌渡宇道：「還有一個非常有趣的巧合。」

眾人除了羅曼斯和馬客臨外，都露出有興趣的神色，羅曼斯是因偏見和敵意，馬客臨卻是臉若岩石，不露半點表情。

凌渡宇道：「第一個指出阿特蘭提斯的柏拉圖說：那毀滅了整個文明的大災難發生在他之前的九千年，亦即是距今天一萬二千年間，而據科學家為毛象以放射性碳測定年代法，找出毛象遇難的時間亦在一萬二千年間，這是否說明兩者都是經歷了同一的災難？」

尊柏申道：「你的推論很有趣，但怎樣證明我們腳下的確埋藏了阿特蘭提斯？」

凌渡宇從容道：「這世界上充滿了不解的奇謎，其中一項便是埃及和她的金字塔。」

他的說話天馬行空，繞着阿特蘭提斯這題目忽遠忽近，晴絲眼中仰慕之色更濃。夏芸、白非都露出了欣賞的神色。

尊柏申作了個請說下去的手勢，這政客並不是那麼易被說服的人。

凌渡宇有條不紊地陳說道：「就以埃及最著名的胡夫大金字塔為例，高一百四十六米，假如是中空的話，可以將羅馬的整座聖彼德大殿放進去，它是由二百三十萬塊巨石天衣無縫地砌疊而成，由最輕噸半至重三十噸的巨石，無不齊備。」

晴絲嘆道：「真偉大！」但她的眼睛卻盯着凌渡宇，令人不知她讚的是「人」還是「塔」。

羅曼斯悶哼道：「我們對金字塔的認識不會比你少……」

尊柏申發揮出主席的權威，打斷了羅曼斯，示意凌渡宇繼續下去。

凌渡宇續道：「假設古埃及人能每天砌起十塊巨石，要砌成大金字塔現在的樣子，大約要六百六十四年，所以胡夫法老王若要死後立時有歸宿之所，恐怕要動員以百萬計的工人。以地理而論，埃及只有尼羅河三角洲及兩岸狹小地帶才有肥沃的農田，其他地方都是茫茫乾漠，這使人無法了解她如何有能力去養活這批龐大不事生產的工人隊伍，何況她還有強大的軍隊、不勞而食養尊處優的僧侶、官員和窮奢極侈的皇朝貴族？」

這次連尊柏申也露出思索的神色，埃及這位列四大文明古國之一的國家，她的文明在公元前五千年至三千年間已達到亢龍有悔的極峰，接着下來人們看到只是她的衰落，以至乎今天的貧困，究竟是甚麼條件能令她興旺起來？又是甚麼原因使她不斷地走下坡？

凌渡宇簡短有力地道：「由此可以斷言，埃及在公元前六千年時，並不是現在那樣子。」

夏芸博士愕然道：「這話怎說？」

凌渡宇道：「在埃及的敍利亞事古壁畫裏，存在了大量描述在水上撐船的描寫，這些壁畫很多都藏在遠離地中海和紅海的沙漠裏，顯示出埃及人曾和湖海有很親切的關係。」

他頓了一頓，才強而有力地道：「所以從前埃及應該佈滿了湖和海，就像中國的黃河和長江，才能孕育出如此興盛的文明，這是地軸轉變洪水留下的痕跡，但這萬年來死湖死海逐漸乾涸，海底變成沙漠，於是我們看到的是一個偉大文明隨着地理環境的劇變而衰落，阿特蘭提斯在我們腳下有何稀奇。」

他終於說出了石破天驚的推論，他所說的一切，大部份是由高布處得來，加上他本人豐富的想像力，連羅曼斯這充滿敵意的人也為之佩服。

馬客臨乾咳一聲，表示有話要說。

凌渡宇警覺地望向他，今次會議最難纏的對手，不是羅曼斯，而是這莫測高深的人。

馬客臨沉聲道：「我是個考古學家，畢生都是致力有系統和科學地去對待古代留下來的神話、傳說、文物和廢墟；以避免主觀武斷和錯誤的解釋，當然，像凌先生這樣的外行人來說，是不需受到正統考古學這規條的限制。」

凌渡宇心中暗叫厲害，這人一上來先不和他針鋒相對，而是高高在上以考古學權威的身份將他凌渡宇無情地低貶，剝奪他發言的資格。

馬客臨分別望向白非和夏芸，向這兩個同是考古學的專家道：「白教授和夏芸博士同意我的話嗎？」

白教授震了一震道：「當然同意！」眼中閃過恐懼的神色，似乎一點抗逆馬客臨的心力也沒有。

夏芸則道：「有時大膽的推想，也是非常重要的。」

馬客臨笑道：「一般人的推想就是語不驚人死不休，由英格蘭格滋索爾滋伯里平原上的史前巨石柱群、埃及金字塔、秘魯那斯克人的線條畫和圖案畫，以及無數古代和史前的遺蹟，便有好事之徒作出各種隨心所欲的想像，從消失的文明、沉沒的大陸、超級的文明、古代曾來訪的外星人、到用符號表示的神秘知識，既無節制，又沒有常識，都是經不起進一步考驗的馳想，爵士你同意我的話嗎？」

尊柏申皺眉道：「請你繼續說下去吧。」

凌渡宇冷靜地等待着這冷傲的人的反擊。

馬客臨精灼的眼神注在凌渡宇臉上，緩緩道：「凌先生最主要的立論，在於地軸曾變動過，於是產生了驚天的大災難，大水災，又造成了地理環境的劇變、阿特蘭提斯的沉沒和轉移，是嗎？」

凌渡宇點頭應是，他愈來愈感到對方辭鋒的凌厲和思路的清晰。

馬客臨首次露出一個充滿冷意的笑容，道：「凌先生有關兩極積雪引致地軸改變的理論，有趣但卻不是事實，以南極洲的冰域來說，衛星的資料顯示自七十年代以來，便不斷縮小，由原本的一千三百萬平方公里，縮小了二點八四八萬平方公里，這種收縮極可能是從很久以前已經開始，現在才發現，所以積雪的理論是站不住腳的。」

白非表示同意地點頭，羅曼斯見到有人向凌渡宇反擊，也臉露得色。

凌渡宇心中嘆了一口氣，他可以輕而易舉地駁斥馬客臨的理論，首先，這可能是由於現今人類肆意破壞大氣層，使全球氣候變暖有關，例如美國地質調查局便曾在南極泰萊乾谷鑽洞測量，發覺溫度上升了兩度，但假若他出言辯論，便會陷進絮絮不休的爭論裏。

馬客臨這種思辯方式是揀點出擊，只要擊破一點，其他的論點亦不攻自破，凌渡宇也是此中高手，已想出以其人之道，還治其人之身的方法。

他笑了笑道：「這可能是由於地球溫度上升有關，並非代表一萬年前的情形，馬先生似是非常反對遠古曾存在着更先進的文明，只不知又怎樣用你的科學和有節制的思考，解釋『天狼星之謎』？」

尊柏申微微一笑，既佩服凌渡宇的雄辯滔滔，又訝異他淵博浩瀚的識見。

天狼星之謎是與非洲一個居於廷巴克圖以南山區的「多貢族」有關，這仍保留着原始部落社會的民族一向是人類學家大感興趣的目標，他們的神話和傳説，明顯地與非洲其他民族不同。

例如他們的天狼星的傳説裏提到天狼星有一顆黑暗的、致密的、肉眼看不見的夥伴，那裏有宇宙裏最重的物質，於是他們喚這「黑暗的夥伴」為「波托羅」。

「波」在他們土語是種細小的穀物，「托羅」指的是星。

這傳説使文明人震撼地大惑不解，因為直至一八四四年，天文學家才從天狼星運行的異常軌跡推測出她有另一顆伴星，於是命名為天狼星B。

天狼星B是顆不會發光的白矮星，直徑與地球差不多，但質量卻相等於我們的太陽，茶杯般大的天狼星B的物質重量，便是十二噸重。

但原始的多貢族人，憑甚麼比天文學家早上幾千年知道這肉眼也看不到的天狼星B的存在？

是天外來客，還是上承更久遠的高度文明？

凌渡宇這下高明處是要讓馬客臨回答時自暴其醜，取回主動。

眾人中除了晴絲外，每個人都清楚天狼星之謎，但在這針鋒相對的時刻，已沒有人有耐性向晴絲細說了。

馬客臨沒有半點困迫的道：「凌先生最喜愛說故事，現在讓我也說一個讓你指教一二。」

尊柏申等大感奇怪，孤獨自負的馬客臨並沒有說故事的習慣。

馬客臨臉無表情地開始說他的故事，道：「有位美國的歷史學家，對於印第安人逐漸湮滅的部落儀式很有興趣，於是訪問了印第安人裏碩果僅存的其中一個老酋長，訪問進行得非常順利，酋長滔滔不絕地回答史學家的問題，使史學家興奮萬分，但有一件事始終不明白，就是每問一個新的題目，老酋長都要告辭隱進帳幕裏，但再出來時便會有令史學家滿意的答案。」

晴絲奇道：「帳裏究竟有甚麼東西，是否一位更老的酋長。」

眾人都笑起來，拉緊的氣氛到這刻才鬆弛了一點。

尊柏申一直都是客觀聽取兩方面陳詞的姿態，這刻接着道：「史學家忍不住偷偷走進帳內，發覺老酋長正在翻閱當代另一位史學家著的《印第安人儀式大全》。」

晴絲美麗的眼睛瞪得大大的，不解地道：「這和天狼星之謎有甚麼關係？」

馬客臨沉聲道：「天狼星B的發現是在一八四四年，這之後的百多年間，歐美各地的探險家、歷史學家、軍事家不斷有人深入不毛，探訪非洲的各部落，誰能保證在這文化交流裏，西方人沒有將有關天狼星B的知識傳到這些落後的部落裏，在若干年後再倒流回西方，變成令人大惑不解的謎？」

這時輪到凌渡宇也要佩服這馬客臨沒有節制的想像力了，但卻不能說沒有點道理。

凌渡宇輕鬆地道：「你的想像力比我有過之而無不及，但同一樣的解釋，可用在『澤諾地圖』嗎？」

眾人不由讚嘆淩渡宇的才思敏捷，澤諾地圖比之天狼星之謎更令人大惑不解。

那是在十八世紀初在君士坦丁堡的托普卡比宮發現的幾張古地圖，屬於一個名叫雷斯的土耳其奧圖曼帝國海軍艦隊司令所有，這些地圖並非原版，而是根據更古老的版本抄製出來，據雷斯在附記所載，這些地圖在公元前三百年便已存在着。

這些地圖不但準確無比，還包括了直到那時為止很少考察和根本未被發現的地方，連南極被厚冰覆蓋下的山脈和高度都被勾畫和標示出來，而現代人只是直到一九五二年才能用地震探測器找出來。

其中有一張地圖殘片的陸地形狀都是歪斜的，最後人們發現若將古地圖與衛星拍攝的地貌照片比較，發現竟是一模一樣，連因地球是球體所造成的視距差都表現出來。

沒有人能對這問題作出合理解釋，當然包括馬客臨在內。

馬客臨避開了這個問題，望向尊柏申道：「我們是否仍須在這些問題上爭論不休，不若現下就由我們投票決定，各位同意嗎？」最後一句他是向其他人說的。

夏芸道：「還只剩下一個問題。」望向淩渡宇道：「下面會否甚麼東西都給爆炸毀掉了？」她依然對這耿耿於懷。

尊柏申道：「這可以讓我來解釋，假設下面真是整個阿特蘭提斯的遺址，而她也的而且確是柏拉圖形容的那樣子，就不是區區一、兩噸炸藥所能摧毀的。」說到這裏，嘴角牽出一絲罕有的笑意，道：「那需要一個核子彈。」

沒有人出言反對。

尊柏申道：「其次，我們曾經探測過地下的情況，在高布的發掘層更深處存在了一些異常的事物，因為到現在我們還弄不清楚那是甚麼，或者只是一些能干擾探測儀器的放射性物質，所以只能作為參考。」

夏芸和晴絲興奮地齊聲道：「那還等甚麼，讓我們來投票。」

凌渡宇皺眉道：「且慢，委員會有六個人，假設是三對三，事情如何決定？」

尊柏申抱歉地道：「這是不得已的時刻，因為最近一位委員逝世，還未有人填補他的空缺，所以假設真有一半對一半的情形發生，發掘與否將由新委員決定，不過由於考古學有一定的委任程序，所以那應是半年後的事了。」

凌渡宇攤開雙手擺了個無可奈何的瀟灑姿態，看得晴絲美目也亮了起來。

尊柏申道：「好！讓我們舉手決定，反對的請舉手。」

羅曼斯帶頭道：「我反對！」舉起了手來。

馬客臨望向尊柏申道：「爵士！我想知道你那一票。」

尊柏申正容道：「我是投贊成票的。」

凌渡宇拉緊的心弦鬆了一點，馬客臨肯定會投反對票，而夏芸和晴絲則毫無疑問地支持他，剩下的關鍵人物，反而是大家看不起的白非教授，一個沒有主見，似乎對馬客臨頗為懼怕的人，他估計馬客臨可能在經濟上支持着白非的各種活動，從而控制着他。

馬客臨果然望向白非，冷冷道：「教授！我看你也不會支持這等無聊事吧。」他的語氣令人感到很不舒服。

白非臉色一變，舉起手尷尬地道：「當然！當然！」

六個人中，已有兩人反對。

尊柏申眼光巡視着夏芸和晴絲，她兩人已決定了不舉手反對，最後他的目光來到馬客臨身上。

所有人的目光都集中到他身上。

答案已不言可知。

馬客臨的手提起來，正要舉高。

尊柏申心中嘆了一口氣，凌渡宇所有唇舌，恐怕都要被這隻舉高的手，弄至盡付東流了。

就在這關鍵的時刻。

凌渡宇一聲長笑，站了起來，來到馬客臨面前。

沒有人明白他想幹甚麼？

馬客臨警惕地抬頭望向他。

凌渡宇滿臉笑容，向馬客臨伸出了他的手，道：「在你投不贊成票又或舉起你決定整件事的那隻手前，我都要先走一步了，朋友，我們還未曾握手呢。」

馬客臨露出釋然的神色，遞出戴着白手套的手。

眾人心想凌渡宇也算是個奇怪的人，馬客臨對他如此毫不客氣，又迫白非投反對票，居然仍要和他握手。

晴絲心中卻想着她才不願和一個戴着手套的人握手。

兩手相握。

凌渡宇臉上滿掛的親切笑容驀然消去，馬客臨臉色一變，但已來不及阻止即將發生的突變了。

凌渡宇右手一拉，將馬客臨整個從椅子上抽離了少許。

馬客臨失去平衡，向凌渡宇側傾過去。

晴絲本能地發出一下尖叫。

尊柏申叫道：「幹甚麼？」

其他人目定口呆。

白非更張大了口，喉嚨咕咕作響。

沒有人明白溫文爾雅的凌渡宇為何變得如此暴力。

在眾人作進一步反應前。

凌渡宇左手閃電伸前，抓着他手套的邊緣，猛力一拉，手套脱了下來。

馬客臨大叫一聲，聲音中充滿着難以形容的暴怒和震驚。

凌渡宇左手脫下對方手套，右手一鬆一緊，用了一下小擒拿手的巧妙手法，已抓着對方的手腕，同時將對方掌心向上翻轉。

一隻沒有生命線的手掌赫然映入眾人眼中。

凌渡宇長笑道：「我估計得不錯，你果然是逆流的人，奇連和高布都是你殺的，是嗎？」

尊柏申霍地站了起來。

兩隻舉高的手縮了回去。

變化發生得太快了，沒有人知道如何對待眼前的現實。

馬客臨狂喝一聲，用力一拉，將手抽回去，同時從椅子向後彈起，一隻手迅速地探入西裝裏，再伸出來時已握了一把手槍。

凌渡宇想不到這人力量如此沉雄，竟能在他的擒拿手下將手抽回，心中剛叫不好，黑黝黝的槍嘴已指向他的眉眼處。

他的反應又怎會比對方慢。

他略向後仰，同時一拉會議桌，桌邊剛好撞在馬客臨的股側。

「轟！」

槍嘴冒火，但卻因會議桌及時一撞，失去了準頭，射在天花板上。

白非也被殃及，給會議桌撞得人仰椅翻，向後倒去。

其他人都蹲下了身。

場面一時混亂之極，羅曼斯更滾進桌底去。

馬客臨一個踉蹌，乘勢往門口撲去。

凌渡宇正要攔截。

馬客臨已回身過來，手槍揚起。

凌渡宇當機立斷，順手一揮，整張椅子以雷霆萬鈞的聲勢，向馬客臨擲去。

「轟！」

馬客臨再次失準，被椅子撞得仆在門上，但他也非常強橫，乘機拉門衝出去。

凌渡宇閃到門側，卻不敢貿然衝出，因為那是等同自殺的事。

門外傳來埃及軍士的喝問和驚叫。

凌渡宇撲出門外。

四名衛士橫七豎八倒般在地上，顯示出馬客臨也是絕不好惹的人。

凌渡宇穿過大廳，狂奔至這所建築物的大門處。

入目是團團圍着營地數十所建築物的白色圍牆，和當中的廣闊的空地。

陽光漫天下，馬客臨已奔至停在廣場內六部直升機的其中之一，拉門登上。

建築物外還有七、八名埃及士兵，他們愕然望着遠去的馬客臨，完全不知應對這個他們要保護的人如何反應。

凌渡宇知道追之不及。

直升機在旋葉掮動下，緩緩離地升起。

尊柏申和其他委員這時才奔至凌渡宇身旁，和他一齊看着遠去的直升機。

尊柏申喘着氣道：「這是甚麼一回事。」

凌渡宇回復平靜，淡淡道：「爵士！甚麼時候開始發掘？」

尊柏申一呆道：「甚麼？」

凌渡宇悠悠道：「三人贊成，兩人反對、一人棄權，這個國際學會召開會議的投票結果，還不夠清楚嗎？」

第九章

順流逆流

凌渡宇拉開直升機門，向身後的尊柏申道：「誰做駕駛員？」

尊柏申笑道：「當然是年青人的事。」當日就是因他喚凌渡宇作年青人，引致對方不滿。

凌渡宇一笑坐上駕駛的位置。尊柏申坐到他身旁，道：「晴絲對你似乎有很大興趣。」

凌渡宇心中苦笑，若這不是晴絲躭不下去的酷熱沙漠，而是巴黎、紐約、東京、台北、香港那類繁華大都會，便很難逃過她的糾纏了。

想到這裏，心中一痛，又記起飄雲死時的景象。她只像睡着了的女神，現在他就是請尊柏申借出直升機將她的屍體載回來，但尊柏申卻興致勃勃地要求一同前往。

他不得不將整件事告訴了尊柏申，同時請他嚴守秘密，不過這等事就是說了出去也沒有人信，尊柏申亦在半信半疑間。

凌渡宇發動引擎，直升機的旋葉運動起來，發出震耳的響聲。

凌渡宇道：「爵士，開始時我是估計你會投反對票的。」

尊柏申有些不好意思地道：「在開會前我也認為自己會反對，但你所提出的地軸改變論，卻解答了我一個橫亙胸中的問題。」

凌渡宇訝道：「甚麼問題？」

尊柏申道：「記得高布發現的那扇門上，不是有『當永恆消失在永恆時，太陽從西方升起來』這兩句令人百思不解的話嗎？只有地軸變動時，地球才有可能由東方轉往西方，於是造成太陽由西方升起來的異象。所以我才對你的看法感到心動。」

凌渡宇笑道：「原來如此！」

直升機開始升高。

凌渡宇問道：「這個發掘已成為了舉世矚目的大事，埃及政府會同意繼續發掘嗎？」

尊柏申道：「就因為舉世矚目，又和驚人的集體謀殺有關，所以埃及政府是不能不同意的，否則埃及政府會成為被懷疑的對象，誰說得定埃及不是殺人者？」

凌渡宇道：「那由誰來主持這次發掘？」

尊柏申苦笑道：「正是本人，這是埃及開出的條件，同時我們須支付負責保安的埃及特種部隊所有費用。」

直升機向前飛出。

茫茫大漠像潮水般倒退過來。

凌渡宇道：「我曾和我的一位叫沈翎的朋友，在印度用開油井的手法通往地底，非常快捷有效。」

尊柏申點頭道：「這是值得參考的方法、要借座鑽井機回來亦非難事，我絕不想像高布那樣在沙漠耗上寶貴的兩年。」

凌渡宇道：「假設用最先進的設備，又不用顧忌直至一百二十呎的深處，我想最多一個月便足夠了。」

尊柏申叫道：「你看！」

凌渡宇棄下的利比亞直升戰鬥機，出現在正前方，像隻蠍子般蟄伏在海浪般的細沙上。

凌渡宇的心猛地抽緊，一股失去了珍貴事物的哀傷，充塞在胸臆間。

直升機緩緩降下。

凌渡宇關掉了引擎，卻沒有立即推門出去。

尊柏申何等老到，明白到凌渡宇不忍再見這殘酷事實的心情，靜心地等待着。

旋葉捲起的塵土緩緩地落下來，載着飄雲遺骸的直升機由模糊不清變成清晰可見。

凌渡宇吸了一口氣，道：「讓我一個人獨自過去。」

尊柏申體諒地點頭。

凌渡宇推開機門，跳了下去，大步往戰鬥直升機走去。

尊柏申閉上眼睛，深吸了一口氣，這數天內發生的事，離奇怪誕得使他難以接受，但交到像凌渡宇這樣的奇人，仍是一大樂事。

他驀有所覺，猛地睜開眼來。

凌渡宇正奔回來。

尊柏申叫道：「甚麼事？」

凌渡宇神色古怪地道：「屍體失蹤了！」

三個星期後。

凌渡宇由美國飛返開羅，重回發掘場。

當直升機飛進沙漠地帶時，他的記憶不由自主追尋着與來自遙遠時空女戰士相處的一分一秒。

她是否真的死了？

在她屍體失蹤後，他曾搜遍遠近的沙漠，但伊人仍是蹤影杳然，到最後他才無奈放棄、又在沙漠裏待了三天，才飛返紐約幹一些迫切的事。

這刻他又回來了。

直升機降落在營地的廣場上。

尊柏申興奮地迎上來，隔遠便大叫道：「年輕人，你好！」

凌渡宇絕少見這保守自負的老人如此神態，活像年輕了十多年，亦知道事情進展非常順利。

營地裏冷清清的，但發掘場那方卻傳來人聲、機械運作的噪響和大貨車行走的引擎聲。這時是早上九時許，但火毒的陽光已無情地灑射在遼闊無邊的大沙海上，蒸起騰騰熱氣。

凌渡宇一手扶着架在鼻樑上的遮陽黑鏡，另一手按着帽子，跳下直升機來，沒有這兩項寶貝，很易會中暑和發生「沙盲」的後遺症。

尊柏申跑上來和他熱烈地握手，道：「事情進展得非常順利，你來得正好。」

凌渡宇看着他的模樣，心中啼笑皆非，當日正是他嚴詞斥責高布找尋阿特蘭提斯，但今天卻亦是他興致勃勃地主持發掘這失落文明的龐大計劃。

凌渡宇笑道：「不要賣關子了，快說出來讓我分享。」

尊柏申道：「鑽土機挖出的深洞已越過了當日高布發掘場最底層的第四十八號坑穴。在坑穴之下，我們發現了一條斜斜往下延伸的石級，爆炸雖摧毀了通往地底那道石級的尾段，但探測器卻測出通道大部份仍是完整，只是有一段塞滿了坍塌下來的沙土和碎石，我加聘了清理的人手，估計最遲今晚黃昏，便可以打通這神秘的通道。」

凌渡宇一呆道：「竟有這樣的怪事？看來那天高布在四十八號坑穴發現的神秘門，便是這條往下深進的石階的入口處了，下面會是甚麼景物？」

尊柏申道：「無論那是甚麼，總之是一個能發出奇異能量的來源，你看！」

他舉起手上的腕錶，指針停了下來，是三時四十七分，日子卻是昨天。

凌渡宇一呆，舉起手錶、時間也停了下來，還是剛停的。

尊柏申道：「由昨天三時四十七分我們打通石階開始，所有計時的工具都停止了操作，很多儀器也受到干擾，不時失靈，大大拖延了工作的進度，否則現在我們已可以進去看看是甚麼景況了。」

凌渡宇道：「有沒有馬客臨的消息？」

尊柏申道：「我已通知了國際刑警追查他的行蹤！不用擔心，除非他率領戰機和坦克來進攻，否則埃及的特種精銳部隊必會狠狠教訓他們一頓。」

凌渡宇環視四周，只見營地的高處都設置了哨崗，架起了機槍，一副如臨大敵的姿態，但儘管這樣，他心中仍感不妥。

尊柏申道：「來！看看他們的進度。」

他們乘坐滿佈灰塵的吉普車，向着屹立在茫茫沙海上的巨型開油井用鑽土台駛去，近三百名工作人員冒着酷熱，忙碌地工作着。

吊箱由絞重機放下去，回來時都裝了重重一大堆沙石，由有經驗的考古人員仔細檢查，決定了沒有珍貴的古文物後，才傾倒往遠處去。

尊柏申捨下凌渡宇，擔起總指揮的重責，凌渡宇反而變成了旁觀者。

可惜到了黃昏時分，沙漠颳起了大風沙，尊柏申萬分無奈下發出了撤退的指令，所有人都退回營地裏。

營地的飯堂裏鬧哄哄一片，三百多人分聚在三十多張圓桌旁，一邊進食，一邊興奮地討論發掘的工程，更有人打賭石階的盡處便是《聖經》上所說的煉獄，當然也有人認為是所羅門王的寶藏。

凌渡宇和尊柏申卻兩人坐在靠牆的一張小枱處。

尊柏申狠狠道：「真令人不服氣，我們差少許便接通了未被破壞的部份，要不是這場風沙，我和你現在已在石階處漫步往下走去了。」

凌渡宇道：「明天早上也是晨運的好時刻呀！」

尊柏申笑了起來，話題一轉道：「照我初步估計，石階的花紋和形式，都屬蘇美爾人的風格，所以這石階最早也只是建成於公元前四千年間，實在和一萬年前消失的阿特蘭提斯扯不上任何關係。」

凌渡宇沉吟半晌，道：「你記得高布找到的玄武石板上的銘文嗎？」

尊柏申唸道：「永恆的神殿，為永恆的神物而重新豎立在大地之上，神揀選的僕人，為等待永恆的降臨，千百世地付出尊貴的耐心。」

凌渡宇道：「這幾句話內容令人費解，但字面的意思卻非常清楚明白。」

尊柏申同意道：「這說明了蘇美爾人為了某一種他們稱為『永恆的神物』的東西，建造了一座神殿，『神揀選的僕人』應是指他們自己，而他們將世世代代地等候『永恆』的降臨。」

凌渡宇道：「我想『永恆的神物』或『永恆』，都是指一樣奇怪的東西，這東西他們曾經得到過，但後來又失去了，只留下一座空空如也的神殿，只不知我們腳下是否這座神殿。」

尊柏申道：「既是如此，那只是蘇美爾人的東西，和阿特蘭提斯有何牽連？」

凌渡宇虎目閃着奇異的光芒，道：「我有一個大膽的假設，譬如説蘇美爾人其實是阿特蘭提斯族的後代，在阿特蘭提斯毀滅的五、六千年間，他們散居到歐亞各地去，但有關母族文明的記憶，仍然由口口相傳深植在他們的記憶裏，驅使他們不斷找尋阿特蘭提斯。

「而他們印象最深刻的，是當時供奉在阿特蘭提斯一座神殿裏的『永恆的神物』，在公元前四千多年前，他們終於在這大沙海的地底下找到了神殿，但神殿內已空空如也，於是他們建造了一道石階，通往神殿去，又在上面建城而居，後來城市因某些原因毀滅了，這道通往地底的石階也被遺忘，但這件事被記載在玄武石板上，最後落到高布手上。」

尊柏申盯着淩渡宇，好一會才嘆道：「為甚麼你的話總是那樣地有說服力，要知起始時我對你並沒有多大好感。」

淩渡宇笑道：「彼此彼此。」

尊柏申臉上滿是笑意，假設石階真的是通往一座阿特蘭提斯的神殿，那有關這失落文明的千古之謎便可迎刃而解。他自己本人也將成為歷史巨匠。

尊柏申道：「你怎知馬客臨有問題，難道只靠他戴着手套這一點？」

淩渡宇道：「由一開始我已懷疑國際考古學會中有內奸，否則如何會知道高布要發表有關阿特蘭提斯的消息，加上奇連慘案一事，也是因奇連要求將有關阿特蘭提斯的資料在學會的年報發表，才會遇害，試問還不是和國際考古學會的人有關嗎？」

尊柏申道：「不要再談這些問題了，讓我敬你一杯，預祝明天晨運愉快。」

凌渡宇看着他舉起的清水，笑道：「那並不是一杯酒。」

尊柏申正容道：「在沙漠裏水比酒更珍貴，這些水都是由埃及空軍一箱一箱地運來，工程龐大之極。」

凌渡宇和他舉杯一碰，一飲而盡，清涼的水流進喉嚨裏，不知怎地，他感到有點苦澀的味道，可能是和久儲在膠箱內有關。

兩人離開飯堂，往西翼的宿舍走去。

走廊遇到的工作人員，都興奮地向他們打招呼，每個人都在熱切等待風沙的平息，明天的來臨。

來到兩人居住的房門前，尊柏申搖晃了一下，一手扶着牆壁。

凌渡宇吃了一驚，扶着他道：「怎麼了？」

尊柏申站直了身子，道：「沒甚麼！年紀大了，在烈日下工作，特別使人勞累，現在我只想躺在床上，好好睡上一覺，再睜眼時便是明天。」

凌渡宇將他扶上了床，不一會尊柏申發出濃重的鼻鼾聲，熟睡如死。

這是間雙人房，除了兩張床一個衣櫃外，還有一張枱子和椅子，在此等沙漠偏遠地方，這已算不錯的了，高布着實花了一番心血在這裏。

可惜高布和飄雲都先後犧牲了性命。逆流究竟是些甚麼人，他們為何千方百計阻止別人發掘阿特蘭提斯的遺蹟？

飄雲説他們人數不超過五十人，這批沒有生命線的人，是否都像馬客臨那樣以不同的掩飾身份，潛伏在這對他們來説屬於過去的時代裏？

永恆的神物又是甚麼東西？

逆流的人會否輕易罷手？

想到這裏，一陣倦意湧上心頭，忍不住打了個呵欠。

凌渡宇心想，也應是睡覺的時候了。

另一個念頭卻使他大吃一驚，一股寒意湧上心頭。

究竟發生了甚麼事，以他的精神修養，每天禪坐兩小時便已足夠，怎會感到睡意。

外面靜悄悄的。

他甚至聽不到有人走過的聲音。

凌渡宇撲到對面的床前，猛搖尊柏申道：「爵士！爵士！」

對方一點反應也沒有。

凌渡宇撲出門外，入目的情景使他嚇了一跳。

走廊上東歪西倒地睡滿了人。

是有人在水內下了使人昏睡的藥物，幸好他有對藥物抗拒的力量，使他幸免於難。逆流的人果然神通廣大。

他從睡滿了人的走廊，來到睡滿了人的飯堂，連埃及派來的特種部隊也全昏迷了過去。

偌大的營地只剩下他一個人走動着。

他已沒有時間研究對方如何下藥，目下唯一方法就是發出電訊求救。

電訊室在營地廣場外的另一間建築物內，要到達那裏，必須離開他現在身處的主建築物群，穿過廣場，才可到那裏去。

事不宜遲，他向正門奔去，外面就是廣場。

還未到門外，「軋軋」直升機旋葉轉動的聲音，迅速由遠而近。

凌渡宇叫聲不好，改變了往電訊室的念頭，憑記憶在建築物內左轉右轉，不一會來到通向天台的石階，走了上去。

直升機的響聲已充斥在廣場的上空，幾道強烈的光柱四處掃射，找尋還未昏迷的人，情況一時緊張萬分，給他大禍臨頭的感覺。

凌渡宇躲在天台門後，這個角度剛好看到設在天台監視四方的哨崗，重機槍依然威武地君臨着遼闊的沙漠，但可惜運用它們的人卻昏迷過去。

他看不到直升機，但卻看到由直升機投射下來的強光數度掠過哨崗，顯見對方非常小心。

風沙停了下來，天上群星閃爍，密麻麻地嵌在黑漆的夜空裏，就像從來沒有颳過風沙的樣子。

幾架直升機先後緩緩降下。

凌渡宇閃了出去，先來到哨崗裏，撿了一挺中重型的機槍，取了幾條裝滿子彈的子彈帶，由肩膊纏至腰下，又取了四個手榴彈、一把手槍插在腰間，全身武裝起來。

廣場上停着四架直升機，全副武裝的大漢迅速從直升機上躍下，行動迅快有力，每一個跳下來的人，都疾奔往營地不同的角落，顯示出他們是訓練有素的人。

敵人的數目在三十至四十間。

飄雲說得沒錯，逆流的人不出五十之數。

其中一人以一種前所未聽的奇怪語言在指揮着，凌渡宇雖聽不懂，但看那些人的行動當是在搜查還否有清醒的人，對這群兇手來說，絕對不會猶豫動用手上的傢伙。但卻認不出馬客臨來。

凌渡宇心中一動，退出天台，向下奔去。

幾乎一轉彎，人影一閃，一名逆流的武裝大漢恰好奔上來。

凌渡宇槍柄一揮，那人連哼叫的時間也沒有，便昏倒一旁，凌渡宇將他拉到一角讓他仆轉了身，取走了他的武器，使他看來就像其他昏迷的人那樣。

凌渡宇閃入建築物內，機警地避過幾名巡查的逆流人，從一道側門偷進了廣場內。

凌渡宇趁他們一個不在意，閃到靠近直升機的陰暗角落去。

假設現在驀然發難，他有信心可以消滅最少三分一的敵人，但餘下的三分二，已夠他難對付的了。

他有更狠辣的計劃。

對付惡人是絕不能手軟的。

逆流的人陸續由建築物退回來，坐進直升機裏。

他們下一個目標不言可知是發掘場，這次爆炸將會更徹底。

四架直升機的旋葉轉動起來。

一架已離地升起。

可是其中一架忽地停了下來，機上跳下三個人，重返建築物裏。

凌渡宇心知肚明，對方是回來搜索失了蹤的夥伴，那人給他打暈了，藏在樓梯轉角處。

另兩架直升機開始升空，颳起一天令人眼目難睜的沙塵，在沙漠的嚴寒裏，份外使人感到難言的荒冷。

凌渡宇一聲不響，從暗處衝出，左右手同時揮擲，兩枚手榴彈噩夢般劃過廣場的虛空，一枚投向停在廣場中等待的直升機，另一枚擲向剛要離地的另一架直升機。

一般人都自然地偏重於左手或右手，但像凌渡宇這種受過嚴格苦行瑜伽鍛煉的高手，左手右手的力量和靈活是無分軒輊的。

他手勁既猛，又有準繩，當兩架直升機上的逆流人有感覺時，已來不及反應。

凌渡宇不待榴彈爆炸，藉着前衝的勢子，往地上滾去，他先以右背的厚肩肌着地，整個人在沙地一個大倒翻，當臉再向天時，恰好面對着正離地升起一高一低的另兩架直升機的底部，直升機尾的紅燈閃滅不定。

他背上的美式中重型衝鋒自動機槍已火舌吞吐，子彈以每分鐘八十八發平射的高速，雨點般向升得最高的直升機瘟神般追去。

他揀的是對方油箱的位置。

「轟隆轟隆！」

成為他最先目標的兩架直升機幾乎同時被榴彈擊中，爆炸開來。

灼熱空氣的急流，隨着強烈的爆炸，波浪般湧開去，凌渡宇甚至沒有看清楚升得最高的那架直升機有否中彈，已身不由主拋滾開去。

跟着是一連串的爆炸，仍未起飛的直升機變成一團烈焰，而低空處的直升機卻化成一天大小不一的火球，暴雨般灑下來，將整個廣場和四周的建築物，染個血紅。

「轟！」

飛至最高處的直升機亦發生強烈爆炸，這回竟是一擊成功。

凌渡宇忍受着熱流侵體的痛苦，滾至一旁避開火焰後，用腰勁彈了起來。

還有一架直升機。

凌渡宇正要舉槍發射，背後一陣火辣辣的劇痛，以他的堅毅卓絕，仍忍不住悶哼一聲，往地上倒去，他被直升機爆炸的碎片擊中了。

他失去了射擊那架直升機的千載良機，下一刻它將會飛回頭來對付自己，他甚至連躲避的時間也沒有。

奇怪的聲響從天上傳來。

凌渡宇扭頭回望，只見餘下的那架直升機斷線風箏般向廣場中心撞下來，旋葉已斷去了一塊。

是在高處爆炸的那架直升機殘片，毀折了它賴以飛行的唯一工具。

「轟轟轟！」

直升機栽進沙裏那一刻，像沙石般解體，幾個全身着火的逆流人火球般拋開來，仆在地上任由身體燃個淨盡。

自動武器的聲音響起。

凌渡宇背後的牆壁沙石飛濺。

三名逆流人從建築物裏驚惶失措地蜂擁而出，走進這沐浴在熾烈紅光的天地裏。

凌渡宇強忍背上的劇痛，槍嘴火光閃爍，毫無掩蔽物的三名大漢應聲浴血倒下。

他站了起來，感到一陣虛弱。

伸手到背後，用力一拔，一截尖利的金屬片脫體而出，他再撕下衣衫，紮緊血流如注的傷口。

這批沒有生命線的、體內流着沒有抗原體血液的怪人，已隨着死亡，消失在世上，消失在這過去的時空裏。

凌渡宇毫不停留，跳上一輛吉普車，沿着通往發掘場的臨時道路，風馳電掣駛去。

星空仍是那樣地美麗，一彎新月在東方的地平線恰恰露出仙姿，揮散着動人的青光，夜空蒼茫，一點也不為慘烈的殺戮而動容，漠視人世間愚不可及的互相殘害。

沙漠夜裏冰寒刺骨的冷風，隨着高速行駛，撲面撞來。

凌渡宇極目四望，鬆了一口氣，發掘場處沒有第五架直升機，也沒有任何生人的動靜。

他將吉普車泊在鑽土台旁，沿着手攀爬梯，在高度戒備下，小心翼翼地拾級而上。

台上冷清清地，一個人影也沒有。

凌渡宇鬆了一口氣，背上的劇痛忽地變得難以忍受起來。

他垂下了槍嘴，雖然他絕對是個武器專家裏的專家，但深心裏卻痛恨一切專為殺人而製造的利器，可是他還有別的選擇嗎？

他往鑽開的深洞口走過去，起落架依然像黃昏時那樣，吊着運載人貨上落的升降箱。

忽然間心中警兆一現，但一切都太遲了。

「不要動！」

幾支自動武器從升降箱伸了出來，冷冷指着他。

凌渡宇猝不及防下，功敗垂成，受制於人。

馬客臨和另三名大漢從箱裏跳了出來，扇形散開，將他圍着。

馬客臨望着他，依然是那副面無表情的模樣，似乎一點也不為大批同伴的死亡而有半點憂傷。

馬客臨嘴巴一張，發出那種奇怪的言語。

凌渡宇愕然，但旋即醒悟到馬客臨在懷疑他也是從他們那時代來的逆流戰士。

馬客臨見他全無反應，反而像放下了心頭大石那樣子，吁一口氣道：「原來你並不是他們派來的，不過無論如何，此時此刻就是你大限之期，但我卻要承認你是這時代裏最傑出的人。」

凌渡宇正要説話讓他分神，好作臨死前的反撲，一股奇怪的感覺流過神經。

那是一種很特別的感應，每逢飄雲要發出時空流能時，他都有那種感應。

這時馬客臨喝道：「丟掉你的武器，但手不要抬高半分。」

凌渡宇心中一動，故作無奈地大聲道：「只要你們有十分一秒的分神，我便可將你們送回老家去。」

馬客臨嘿嘿一笑，正要嘲弄幾句……

一聲女子的尖叫在馬客臨右後方響起。

馬客臨等四人齊齊一愕，本能地向聲源望去。

凌渡宇需要的就是這緩衝時間。

手中自動武器轟然響起，同時滾倒台上，左手立即拔出腰間手槍，交叉發射。

對方的自動武器轟鳴起來，劃破了沙漠的寂靜，但已遲了一線。

馬客臨四人濺血倒下，死亡幾乎是立即降臨到他們身上。

凌渡宇跳了起來，大叫道：「飄雲！」

一個優美的身形，靈巧地從台的另一邊奔上來，乳燕歸巢般投進他懷裏。

凌渡宇緊擁着她，嗅着她身體秀髮的天然清香，寒風呼呼裏，他的內心卻像烈火般燃燒着。

飄雲在他懷裏道：「我擔心極了，剛想拼死發出時空流能，幸好你提醒我，否則我再沒有能量去完成今次的任務了。」

凌渡宇不解地問道：「你在說甚麼？」

飄雲道：「時空流能有一定的限量，上次我將流能輸進直升機裏，使得流能耗盡，於是假死過去，幸好他們動用了後備能源，我才復活過來。」

凌渡宇道：「但你為何不回來找我，難道你不知我在找尋你嗎？」

飄雲道：「對不起！後備能源只足夠我作短暫的活動，不得已下我只能在直升機附近找個沙丘將自己埋在裏面，直至後備流能完全送進我這能量體裏，才向發掘場走來，剛好見到逆流叛黨出現，於是我才躲到一旁。我現在儲備的流能只能再運用一次，用盡了，便沒有餘力去完成任務了。」

凌渡宇心中感動，飄雲為了救他，已先後兩次不顧己身，這是何等偉大的行為。

他問道：「你要好好解開我心中疑團，究竟你來這裏有甚麼任務？」

飄雲全身一震，叫道：「快下去，再遲便來不及了，『永恆器』已在回到這時空的途中。」

第十章 迷失的永恒

凌渡宇戴着氧氣面罩，紅外光夜視鏡，背着氧氣筒，和飄雲兩人坐在升降箱內，緩緩向下降去，這些設備都放在台上一個大鐵櫃裏，他自然予取予攜。

飄雲在時空流能保護下，身體內的能量自給自足，並不需要呼吸設備，甚至不用照明，她也能於黑暗裏視物。

凌渡宇在她耳邊道：「甚麼是永恆器？」

飄雲道：「這事要由六萬年前說起，噢！不！那應是你現在這文明的三十萬年後。」

凌渡宇心中泛起一種奇怪的感覺，身旁這緊擠着自己的美女，竟是來自相隔三十多萬年遼闊時空的不知第多少代人類，不過比起宇宙以千億年計的悠久歲月，三十多萬年只是微不足道的一下閃跳。

飄雲的聲音在深長的地洞裏回響着道：「人類已克服了死亡，打破了光速，建立近乎完美的星際文明，再不用為生活而奔波，剩下來的事就是要尋找出宇宙的極限，雖然那仍是遙不可及的夢想，我們只到過已知宇宙不足二萬億分之一的地方，但那已用了我們超過十萬年的時間。」

「咔嚓！」

升降箱停了下來。

兩人爬出箱外，一道石階在他們眼前彎彎曲曲地延伸向下，石階上堆滿碎石沙土，但仍可穿越。

往下走去。

石階左右和頂上的石壁，密麻麻佈滿了花紋和人物夾雜的圖案，只是這道石階，已是考古學一個珍貴無倫的大收穫。

牆壁腳處放置了一個接一個的照明燈，淩渡宇旋動開關，立時光明大放，將整道像伸往地底下無盡處的神秘石階，浸浴在黃白的色光裏，壁上的石雕圖案更是呼之欲出。

下降了百來呎後，眼前被沙石擋着去路，淩渡宇知道還差這一點點，石階便會被貫通了，他阻止飄雲動手，迅快地將沙石搬往一旁。

飄雲坐在石階較上的地方，默然不語，靜靜地看着凌渡宇忙碌着。

飄雲輕輕道：「你的傷口滲血出來了。」語氣中帶着無窮的憐惜。

凌渡宇應道：「不要緊，繼續你的故事吧！」

飄雲道：「在探測的過程裏，我們發現在仙女座星雲的核心處，有一個奇怪的力場，在那裏時間以一種奇怪的方式扭曲着。於是我們派出了宇宙飛船，在那裏兩顆超級太陽間，找到了一樣奇異的東西。」

凌渡宇停下了手，回頭望向石階上的飄雲，她在照明燈下全身都像散發着光芒，美得不可方物，使他一時呆了起來，忘了問話。

飄雲已知他的心意，點頭道：「是的！那找到的就是永恆器，她便像你們的沙漏計時器，整個都是用透明的不知名物質造成，兩頭寬闊，中間狹窄，一種奇怪的金黃物質不斷由一頭流往另一頭，但最令人不解的是兩頭從不會增多一點，又或減少一點，就像逝去和永恆、將來和現在，能同時存在一樣，所以喚她作永恆器。」

凌渡宇聽得呆了起來，在飄雲催促下，才繼續工作，他想起玄武石板上那個沙漏的符號，原來就是指這永恆器，難怪高布得到石板後，知道已找到他要找的東西。

飄雲道：「她被帶回了地球，我們為她建造了一座神廟，開始對她展開全力的研究，發覺她能產生奇異的力量，進出於時間和空間，帶來我們整個文化的時空革命，進入所謂『極時空精神時代』。」

凌渡宇奇道：「為何和精神有關？」

飄雲道：「因為永恆器只對人類的精神產生反應，人的精神不但可以加快由一端流往另一端的速度，甚至可以由另一端逆流回這一端去，每當那情況發生時，就會產生出直至現在我們還不能理解的力場，那能改變時間的力場。

「但永恆器卻有一個非常奇怪的現象，就是每隔一段時間，便會消失，到了某一個時間，才會再次在不同的時空出現，一時走到將來，一時回到過去，現在我們已可準確把握這週期，這被稱為『時空脈變現象』，無論如何，對永恆器的研究已帶來了全新的時空知識，使我們能利用宇宙流能和精神結合，發展出能穿越時空的時空流能，否則現在我也不能在這裏和你說話。」

凌渡宇道：「後來發生了甚麼事，弄致現在這個田地？」

飄雲幽幽地嘆了一口氣，道：「那牽涉到對時間的兩個觀念，時間究竟是由過去流向將來，還是由將來流往過去。」

凌渡宇愕然道：「這不是明顯易知嗎？」

飄雲道：「那只是你對時間不了解吧了。永恆器的順流和逆流，似乎能產生和顯出那樣的變異，於是我們分成了兩派，一派主張應將永恆器由順流改成逆流，那樣我們才可藉永恆器超越時間和空間，進入真正永恆的境界，甚至打破永恆，變成活着的神。」

凌渡宇苦笑道：「這真是筆糊塗賬，究竟誰對誰錯？」

飄雲正容道：「對錯姑且不論，但假設逆時空的情形出現，大量的人將會受不住那變異而死亡，那是最高委會要阻止的事，只有當每個人都受到足夠的訓練和時空流能的保護，我們才可以開始永恆器的逆流。」

凌渡宇想起另一個問題，説道：「假設人可自由進出時空，那不是有無限的『我』存在着嗎，例如三十歲的『我』，是否可以重返十年前去探望二十歲的『我』？」

飄雲道：「我曾説過時間是一樣非常奇怪的東西，遠超於人類感官之外，人因本身的局限，變成感官的奴隸，例如目見七色，舌嚐四味，但第八色和第五味是甚麼？誰也不知道。正如我們不能同時經驗到過去現在和將來，只能像青蛙般困在井內，抬頭所見只是井口外狹小的『現在』，但其實過去、現在和將來，正像井外無限的世界，同時地存在着。」

凌渡宇一邊辛勤的搬運沙石，心中卻模糊地明白了飄雲的意思，時間雖在不斷流逝，青蛙卻還是那一隻，儘管牠本身也在衰變，生老病死，永恆器是否可將我們提升出井外，看到時間的真面目？

飄雲道：「主張逆流的五十個時空戰士，在一次叛變裏佔據了神殿，以集體的力量，使永恆器開始逆流的現象，恐怖的事發生了，地球的居民大量地死亡，而永恆器和叛黨亦消失不見，後經我們展開歷時長久的調查後，發覺永恆器逆回時空，回到你們這時代一萬多年前的過去，於是我們派出了高布，負起找尋永恆器的重任，其他的事，你比我還清楚了。」

凌渡宇點頭道：「看來大約是這樣，永恆器出現在阿特蘭提斯的國土上，而逆流叛黨亦隨着永恆器穿越時空，到了那裏，阿特蘭提斯人為永恆器建成了聖殿，其中可能有逆流叛黨的參與，永恆器的逆流，使他們失去了生命線，變成了永生的異物，可惜他們的身體仍是非常脆弱，沒有像你擁有那種奇異的流能，否則也不會擋不住槍炮的威力。」

飄雲道：「更令他們想不到是地軸發生變動，於是他們失去了永恆器，後來阿特蘭提斯的人找到了現在我們腳下的聖殿，但內裏空空如也，永恆器已因脈變現象，到了另一時空去。」

凌渡宇道：「但為何我們又探測到下面有奇異的能量。」

飄雲閉上美目，緩緩道：「我現在也感覺到那能量，那是永恆器的時空烙印，使她每次都能在那一點出現，逆流叛黨千方百計阻止人們找到她，怕的不是你們，而是我們，怕我們阻止永恆器的逆流，那他們便再沒有超越時空，進入永恆的希望了。」

「砰砰砰！」

沙石倒下，露出深進的石階。

終於打通了。

飄雲跳了起來，道：「快！永恆器快回來了，我已感覺得到。」

凌渡宇也感到奇異的能量激盪着，當先跨下石階，往下走去。

不一會，一道高達十二呎的大門出現眼前，門是用厚木做成，但已腐朽不堪，中間破了一個大洞。

凌渡宇戰戰兢兢跨步入內。

眼前所見的情景，登時令他目瞪口呆。

飄雲貼在他背後，用力摟緊他的腰，櫻唇湊到他耳邊道，「待會永恆器出現時，你要立即走，因為永恆器由逆流轉回順流時，會釋放出驚人的能量，將這神殿和石階徹底溶掉，而且她產生的力場，亦會使你形神俱滅。」

凌渡宇呆呆看着眼前的一切，活似沒有聽到飄雲的話。

這是個龐大無比的巨殿。

整座大殿不見一根柱體，是一個由紅、白、黑三種顏色巨石砌成的正方盒子，不過這盒子高起接近百呎，他兩人便像小人國裏的人，進入了大人國的殿堂裏。

飄雲嗔道：「你聽到嗎？」

凌渡宇虎軀一震道：「那你怎麼辦？」

飄雲道：「你還不明白嗎？我那個時代還未能有足夠的時空流能使我能在時空裏往返，所以由一開始我已沒有生着回去的打算，時空流能耗盡的時候，就是我死亡的時候，我摯愛的情人，你還不明白嗎？」

凌渡宇沉聲道：「我怎可眼白白看着你死去？」

飄雲緊貼着他，淚水從眼角串流而下，這堅強的時空女戰士，能刀劍加身而眉頭不皺，但卻為了人世難捨難割的愛，灑下了不輕流的情淚。

但願此刻能永恆地凝固起來。

飄雲感到凌渡宇血肉裏滾動的悲哀，柔聲道：「我若能將永恆器送回我那時代裏，人類或有可能在某一天悟通了時間的奧秘，重新主宰自己的命運，這是人與命運的鬥爭，我雖死亦無憾。」

凌渡宇苦笑道：「真的是沒有其他辦法嗎？」

飄雲沉聲道：「唯一的生路是在肉體毀滅時，精神與永恆器結合起來，至於那會有甚麼後果，沒有人知道，因為從沒有人這樣做過，所以當我設法令永恆器回復順流時，你一定要立即離開，否則我將分心於你，而墮進萬劫不復的境地。」

凌渡宇正要答話。

異變已起。

強烈氣流磨擦的聲音，在殿中虛空的正中處響起，初時還微不可聞，一忽兒已變成鋪天蓋地的巨響。

大殿忽地陷進伸手不見五指的黑暗裏。

絕對的黑暗。

凌渡宇通過夜視鏡，看到的仍只是黑色。

一道閃電，蜘蛛網般在空中爆裂開來。

接着是強烈得使人眼目難睜的強光，在殿中心太陽般驀然出現，在強光核心處，一個奇怪的透明物體，兩端寬中間窄，正在緩緩旋轉着。

永恆器終於再現人間，在消失了一萬二千年後。

她究竟是甚麼東西，

是某一智慧生物的頂尖發明，

或是在時間的起始時她已存在着，

還是本身已是具有永恆的生命，

一種人類不能理解的靈能和智慧，

抑或她就是神？

永恆器裏面盛着金光閃爍的奇異沙粒狀物體，不斷由下端倒流往上端去。

但兩端的金色物質數量都沒有絲毫增減。

凌渡宇感到飄雲離開了他。

飄雲沐浴在清藍的強光裏，緩緩離地升起，向永恆器飛去。

當她的藍芒接觸到永恆器太陽般的強光後，奇異的變化立即出現。

整個天地在變動着。

剎那間，凌渡宇完全不知自己身在何處，大殿奇異的消失了，他看到的是深無盡極的虛空，虛空外的虛空，無窮盡的宇宙，宇宙外的宇宙。

時間的長河無有盡極地延伸着，由無始而來，向無終流去。

他感到無限遠處外的無限遠處。

下一刻他又回到了大殿裏。

飄雲忽地變成一團耀目的藍芒，與永恆器的強光互相輝映着。

強大的壓力在殿裏逐漸加強，整座大殿搖晃起來。

金色物質的流動停了秒許的剎那，然後開始由逆流轉回順流，由緩轉急。

飄雲成功了。

大殿震動得更厲害。

凌渡宇一咬牙，轉頭奔出，離開大殿，搶上石階，拼命往上走。

沙石狂風暴雨般打下來。

淩渡宇一口氣奔上石階，跳上升降箱，按動開關。

升降箱緩緩升上去，像世紀般漫長。

下面傳來一陣比一陣急劇的震響，大地在搖晃和咆哮。

「轟隆隆！」

升降箱剛好來到地面。

淩渡宇滾到台上。

「隆！」

再一下巨震後，大地像永恒器降臨那麼突然地停止了所有聲音。

只有沙漠永不停息的呼呼晚風。

淩渡宇筋疲力盡躺在台上。

面對着無有盡極的夜空。

新月已爬至正中處。

永恆之器是否在這虛空的某一深處？
飄雲是否已永遠地消失在永恆裏？
或是她的精神已與永恆器結合，永恆並存！

黃易

經典·玄幻系列

① 月魔
② 上帝之謎
③ 光神
④ 湖祭
⑤ 獸性回歸
⑥ 超腦
⑦ 聖女
⑧ 浮沉之主
⑨ 異靈
⑩ 爾國臨格
⑪ 迷失的永恆
⑫ 域外天魔
⑬ 諸神之戰